Lifka Werner

Via Sacra

Kriminalroman

BOOKS on DEMAND

Impressum
© 2015 Lifka Werner

Herstellung und Verlag:
BoD – Books on Demand, Norderstedt
ISBN: **9783738652697**

Titelgrafik: Autor

Printed in Germany
Bibliografische Information der Deutschen Nationalbibliothek
Die Deutsche Nationalbibliothek verzeichnet diese Publikation in
der Nationalbibliografie; detaillierte bibliografische Daten sind im
Internet http://dnb.d-nb.de abrufbar.

Lifka Werner

VIA SACRA

Kriminalroman

BOOKS on DEMAND

Für meine Frau,
die mit den Geschichten
leben muss.

Es war ein bizarres Bild:

Eine offene Baugrube. Die linke Fahrbahn, Richtung Innenstadt, war völlig aufgerissen bis zur Kreuzung am Ring. Auf der anderen Seite, nach Osten, hatte man begonnen, den Graben wieder zu füllen. …

An dieser Schnittstelle zwischen auf und zu lag auf dem nassen Grund ein großes Abwasserrohr aus Beton. Daneben Kabel und andere Rohrleitungen. Gas, Wasser, was man so braucht in der Stadt. Und über dem Beton ragten zwei nackte Beine aus der Erde. Wie ein Stecker, der aus der Steckdose gezogen worden war. Aus. Vorbei. Ich habe als ehemaliger Polizist schon oft den Tod gesehen. Noch nie so cool, so ohne Frage.

Ich stand mit meiner Begleiterin am Absperrgitter der Baufirma und starrte in die Grube. Zwei Arbeiter in Signaljacken der Stadtreinigung versuchten, mit Schaufeln den Rest des Toten freizulegen. Dazu hörte ich einen Dialog, den sich Shakespeare auch nicht grotesker hätte ausdenken können:

»Der Wolkenbruch heute früh hat ihn gerettet.«

»Gerettet ist gut. Der ist doch mausetot«, sagte der andere.

»Möchtest du hier zur ewigen Ruhe gebettet werden? Neben einem Abwasserrohr?«

»Vielleicht ganz spannend. Immer nur Ruhe ist ja auch nicht abendfüllend. Oder?«

»Aber Wasserrauschen. Immer Wasserrauschen. Ich müsste da dauernd pinkeln. - Was haben wir denn da?«

Über den Knien kam ein weißes Tuch zum Vorschein, auf dem zwei gekreuzte Schwerter zu sehen waren, die ein großes X bildeten. In den Feldern zwischen und unter den Griffen war jeweils ein Buchstabe in Frakturschrift eingelassen. Ich glaubte, zwei *J* und ein *G* zu erkennen. Weiter höher, etwa dort, wo die äußeren Geschlechtsmerkmale beginnen, sah man ein schwarzes Dreieckstuch mit einem irgendwie gezackten, weißen Kreuz.

Da wir auf einer Joggingrunde waren, hatte ich kein Notizbuch dabei. Später habe ich dann aus der Erinnerung diese Skizzen gemacht:

»Sauber!«, kam es wieder von unten.

»Schöne Scheiße!«, war die Antwort.

Jetzt war auch die Leiche mit Sicherheit als männlich zu identifizieren.

Einer der Arbeiter zog ein Handy hervor und ich hörte, wie er meldete: »Männliche Leiche in der Baugrube Jasperallee, östlicher Teil. Fast am Ende. Mein Name ist Henning von der Braunschweiger Stadtreinigung. - Ja, wir bleiben am Tatort. Nein, nur zwei Jogger. Meine Handynummer haben Sie ja.« Dann drückte er die Ende-Taste. Anschließend machte er ein Foto von dem Fund.

Ich schaute zu meiner Begleiterin. Sie hielt die rechte Hand vor den Mund und nickte mir zu. Der Schweiß, der sich beim Joggen auf unserer Haut gebildet hatte, wurde unangenehm kalt.

Das Fotografieren ärgerte mich.

»Bitte achten Sie die Würde des Toten. Sie sollten jetzt alles möglichst so lassen«, rief ich hinunter.

»Okay. Wir kommen hoch.«

Sie krabbelten die nasse, schräge Schachtwand nach oben. Der Boden war mehr sandig als erdig. Sie stießen ihre Schaufeln über sich in die Erde, um etwas Halt zu finden.

Meine Begleiterin war zurückgetreten und wartete an einen Verteilerkasten der Telekom gelehnt. Die Zäune hier um die Vorgärtchen waren alle zu niedrig zum Anlehnen.

Wir warteten zusammen. Einer der Männer rauchte.

»Larry, das ist doch nicht Christoph Kornmann?«, sagte sie. »Ohne Fliege, ohne alles.«

»Na, zwei komische Fähnchen hat er ja«, musste ich sie korrigieren.

»Wie es geschrieben stand«, sinnierte sie weiter. »Maden werden dein Bett sein und Würmer deine Decke.«

Ich zuckte die Schultern, aber mir grauste es auch.

Inzwischen waren mehrere Frühaufsteher und Jogger vom nahen Park herübergekommen. Es war ja ein schöner Samstagmorgen im Juli. Sie standen stumm um die Grube. Einige machten Fotos.

Ich rief: »Haben Sie doch ein bisschen Respekt und achten Sie die Würde des Toten.«

Einige reagierten verschämt, andere unverständig.

Die Sirene hörte man schon von Weitem. Als sie in die Jasperallee einbogen, sah man auch das Blaulicht. Sie hielten jenseits des Mittelstreifens. Drei Polizisten in Uniform sprangen heraus und verschafften sich einen Überblick.

»Zurück und keine Fotos mehr!«, rief einer. »Alles andere ist Widerstand gegen die Staatsgewalt.«

Der Älteste befahl mit umfassender Geste *Absperrung erweitern und auf die SPUSI warten* und kam dann zu uns.

»Polizeiobermeister Lind«, stellte er sich vor. »Sie haben angerufen?«

Ich zeigte auf den Arbeiter. »Wir kamen nur zeitnah dazu. Lars Urbach mein Name. Ex-Kriminalhauptkommissar aus

München. Privat zu Besuch in Braunschweig. Das ist meine Gastgeberin Hedi Tamm.«

Er schaute auf meine Linke, die zwar mit hellem Leder überzogen war, aber als Prothese klar zu erkennen. »Dienstunfall?«

»Kann man sagen. Habe eine Handgranate nicht auf die Straße geworfen, sondern aus dem Fenster gehalten. Hat nur bei mir und an der Hauswand Spuren hinterlassen.«

Er pfiff durch die Zähne. »Und ehrenvoll entlassen?«

»Wie man´s nimmt. Ich sollte als Sesselfurzer in die Beschaffung. Da nahm ich lieber die Abfindung.«

Er nickte. »Kann ich verstehen.«

Ich gab ihm eine von meinen Karten, die ich sogar beim Joggen dabei habe. »Jetzt bin ich privater Ermittler.«

Er grinste: »Die Katze lässt das Mausen nicht. Sind Sie hier wegen - ich meine, können Sie zu dem Vorfall hier etwas sagen?«

»Das ist eine lange Geschichte. Der Tote ist mit ziemlicher Sicherheit Christoph Kornmann. Eine Vermisstenanzeige wurde aufgegeben.«

»Da drüben scheint es Ärger zu geben«, sagte Hedi.

Einige der Hobby-Fotografen stritten mit den Polizisten.

»Pack, diese Gaffer und sogenannte BILD-Reporter«, murmelte unser Polizist.

»Wir schlagen vor, dass Sie hier alles erledigen. Die beiden Herren von der Stadtreinigung wollen sicher schnell wieder an ihre Arbeit. Wir kommen heute Nachmittag oder morgen aufs Revier. Da kann man sich in Ruhe unterhalten.«

Er war einverstanden, wollte aber vorher noch einen Blick auf unsere Ausweise werfen. Wir hatten keine dabei.

Hedi schlug vor, mit ihrem Handy seine Nummer anzurufen. »Da haben Sie etwas von mir. Ich wohne in der Holbeinstraße und bin bei manchen Ihrer Kollegen als Psychologin bekannt.«

Er war einverstanden. Sie tauschten ihre Nummern aus.

»Welches Kommissariat ist denn für diesen Fall zuständig?«

»Nord. Sie hören von den Kollegen dann telefonisch!«

Hier erzähle ich jetzt die Geschichte etwas ausführlicher. Von Anfang an. Was in Braunschweig passierte. In den Tagen, als die Welt nach Brasilien schaute, wo 32 Fußball-National-Mannschaften um die Weltmeisterschaft spielten.

Begonnen hatte es in München.

Wir feierten kurz vor Ostern silbernes Abitur. Manche Kumpels hatte ich tatsächlich über zwanzig Jahre nicht gesehen. Von Hedi wusste ich, dass sie Psychologie studiert hat. Sie war immer groß, blond - ein bisschen unnahbar. Jedenfalls für mich, der nur 178 Zentimeter hoch ist. Da sie immer noch Tamm hieß, galt das wohl auch für andere. Wir nannten sie Pappel. Was ihr nicht gefiel. Ihr Abi damals war sehr gut.

Ich erinnere mich noch, dass ich sie mal als Studentin bei einem Basketballspiel in der Oberliga gesehen habe. Sie war mit fünf Rebounds ein hervorragender Center.

Der Zufall wollte es, dass wir beim Abendessen Tischnachbarn wurden.

Es fing locker an. Was sich bei wem verändert hat in den Jahren. Bauch, Haare und was so dran kommt. Erst als ich meine Linke hob: »Die ist auch weg!«, wurde sie ernst.

»Hab schon davon gehört. Das hat dich den Job gekostet, gell?«

»Nicht direkt. Ich brauchte aber Unterstützung von einer Polizeipsychologin.«

»Das war aber nicht zufällig die Dorer?«

»Doch.«

»Nein?«

»Doch.«

Und schon waren wir in anregendem Gespräch.

Hedi hatte bei ihr ein Volontariat absolviert und war genauso begeistert wie ich.

Fasziniert beobachtete sie jetzt meine Technik, mit Messer und Gabel umzugehen.

»Finde ich toll, was die heute alles können - diese Prothe-senbauer.«

»Und ich erst - der Prothesenträger«, gab ich lachend zurück. »Wo lebst du eigentlich? - Vielleicht können wir -?«

»In Braunschweig«, kam es prompt.

»Was? - Da oben?«

Sie lachte. »Typisch München. Wir leben längst nicht in Grönland oder auf den Lofoten. Und schließlich hat der gleiche Straßenräuber München und Braunschweig gegründet. Heinrich der Löwe ist sogar freiwillig in Braunschweig begraben.«

»Tschuldigung. - Ich muss zugeben, an Braunschweig bin ich nur vorbei gefahren. Auf der Fahrt nach Berlin ging es irgendwo links ab.«

»Meine Familie kam ja damals aus Hannover nach München. Mein Vater war von VW zu BMW gewechselt. So richtig warm sind die Eltern mit den Bayern nie geworden.«

»Hanseatisches Understatement trifft katholischen Barock?«

»So ungefähr. Übrigens werde ich in Braunschweig auch öfter von der Polizei zu Hilfe gerufen. Sie schicken Leute zu mir, bei denen sie nicht weiter wissen.«

»Erzähl mal.« Wenn ich diesen Satz im April nicht gesagt hätte, wäre mir einiges entgangen. Nicht nur finanziell.

»Gerade hab ich so einen«, begann Hedi, »der mir immer Drohbriefe vorlegt, die ihm keine Ruhe lassen. Er bekommt biblische Botschaften. Die Rache ist mein, spricht der Herr - und so.«

»Da wird sein Heulen und Zähneklappern«, ergänzte ich fröhlich.

»Genau. Aber lach nicht. Der Mann hat wirklich Angst. Die Botschaften sind in Latein. Dazu drohen sie schon mit konkreten Daten: Irgendwie *ante diem* und was mit *Novembres* soll eine *Via Sacra* in Braunschweig auferstehen.«

»Wir Bayern kennen nur ein *Himmi sacra*. Aber Spaß beiseite. Die Sache interessiert mich. Du weißt, dass ich mal Komparatistik studiert habe?«

Sie nickte. »Im sechsten Semester bist du, glaube ich, ausgestiegen?«

»Nach dem Tod meines Vaters 1992.«

»Ich will die himmlischen Botschaften nachher mal dem Ulli zeigen. Ist doch toll, dass er gekommen ist«.

Ulli war Dr. Ulrich Kammer, unser ehemaliger Lateinlehrer. Alles anderer als ein verbohrter Altphilologe. Längst dürfen wir Ulli zu ihm sagen.

»Du und Braunschweig ist ganz reizvoll und meine Wohnung hat genug Platz für ein paar Tage Logierbesuch«, legte sie nach.

Mit dieser Einladung fing es an. Als unser Lieblings-Song von damals *Don´t worry - be happy* aufgelegt wurde, brachen die Ersten zur Tanzfläche auf. Wir gingen rüber an den Tisch zu Ulli und begrüßten ihn mit einem fröhlichen *Salve Magister Ulrice*.

Schon bald hielt er uns einen Vortrag über den Römischen Kalender.

Hedi hatte ihm eine der anonymen Botschaften vorgelegt. Sie war am 11. April datiert und lautete: »*Ante diem quintum decimum Calendas Novembres erit ibi via et via sancta brunsviga vocabitur non transibit per eam pollutus …*«

»Ihr müsst wissen, dass die *Calendae* immer der erste Tag eines Monats war. So wie die *Iden* in der Mitte lagen. Die berühmten Iden des März waren ja am 15. *Ante diem quintum decimum*, das kann uns Larry sicher übersetzen?«

»Fünfzehn Tage vorher …«

»Sehr gut. Ihr seht, damit sind wir schon mitten im Oktober. Das müsste so um den 18. Oktober sein.«

»Da wird ein Weg sein und ein Weg«, fuhr Hedi fort, »also besser Straße, welche die heilige Braunschweiger Straße genannt wird, und kein - *pollutus*?«

«Lasterhaft, unkeusch!«, warf Ulli ein.

«Also, die dürfen sie nicht betreten. - Oh Gott, darf ich da nicht mehr hin?«

Wir lachten und malten uns aus, wo diese Straße sein könnte und wer sie bewacht.

Ulli sagte: »Ihr habt also ein gutes halbes Jahr Zeit, das Rätsel zu lösen. Wenn´s denn heuer sein soll.« Das gab mir dann den nächsten Anstoß zu einer Braunschweig-Reise.

Als wir gingen, bellte im Hintergrund gerade Herbert Grönemeyer sein *Was soll das*? Damals auch ein Hit.

Samstag, 3. Mai 2014

Zum ersten Mal

war ich dann Anfang Mai in Braunschweig. Hedi hatte gemeint, ich könnte mit dem Zug kommen. Sie war am Bahn-
steig nicht zu übersehen. Nicht nur wegen der Größe. Sie
strahlte und umarmte mich herzlich.

In der Halle standen traurige Gruppen, die ihre blau-gel-
ben Schals und Fähnchen zusammengerollt hatten.

»Wie es aussieht, hat eure *Eintracht* wieder mal verloren?«

»Gegen Augsburg. Eins zu null. Sie steigen wieder ab. Was
war das vor einem Jahr ein Aufstiegstrubel. Es gab Aufstiegs-
krakauer und Aufstiegsbratwürste. Die Brauerei brachte eine
neue limitierte Eintracht-Dose auf den Markt.«

»Die Bayern haben dafür ihr *Erdinger*, mit dem jeder be-
gossen wird, der nicht beim Schlusspfiff auf der Tribüne ist.«

»Der Braunschweiger Domprediger hatte damals sogar zu
einem Dankgottesdienst eingeladen. Stell dir das vor: Gott
danken, dass die Kicker aufgestiegen sind. Dabei wären viele
wohl lieber in die Moschee gegangen und hätten Allah ge-
dankt! - Peinlich alles. Und was jetzt? Nach dem Abstieg?«

»Bußgebete und Bittgottesdienste oder Heulen und Zähneklappern!« Mehr fiel mir auch nicht ein.

»Da sind wir beim Thema: Ich habe gleich einen Termin
bei dem Opfer gemacht. Er wartet auf uns. Er wird dir die
Drohbriefe zeigen. Ich denke, dass du ihn erst mal beru-
higst.«

»We will see.«

»Apropos: Sightseeing unterwegs ist inklusive!«

Wir fuhren am Schloss vorbei. Das im Krieg zerstört, 1960
gesprengt und 2007 wieder aufgebaut worden war, wie mir

14

erklärt wurde. »Hinter den historischen Mauern verbirgt sich ein Einkaufszentrum.«

»Hab damals davon gelesen. War ja heftig umstritten!«, sagte ich.

»Heute Braunschweigs ganzer Stolz. Die Bürger haben es, wie du siehst, angenommen. Hier ist immer Leben. - Burg und Löwe zeige ich dir ein anderes Mal. Das ist Fußgängerzone. Hält jetzt zu sehr auf.«

Als wir um eine Ecke bogen, tauchte vor uns ein prächtiger Theaterbau auf.

»Et voilà: das Staatstheater. Galt als Sprungbrett für viele Sänger und Schauspieler. Felmy wird immer genannt, den kennst du sicher auch noch.«

»Tatort-Kommissar!«

»Die Sänger Anja Silja und René Kollo, die Froboess, die hier vom Schlagersternchen zur Schauspielerin wurde. Und dann - den kennst du sicher nicht: Gerd Voss.«

»Nie gehört.«

»Dacht´ ich mir. Hat wenig Film und Fernsehen gemacht. Dennoch einer der größten. Du kannst ihn nur in Berlin oder Wien sehen. In München war er kurz. Und hier in Braunschweig. In seiner Biografie heißt das Kapitel etwas böse: *Am Ende der Welt.*«

»Nicht sehr schmeichelhaft.«

»Du, das war hier Zonenrandgebiet - aber Achtung. Jetzt geht´s über die *Oker* und dann in die *Jasperallee* und hier wohnt er. Christoph Kornmann.«

Jasperallee. Klangvoller Name. Später habe ich im Reiseführer nachgelesen. Es stimmt: «Von Anfang an war die Straße als eine großzügige Allee nach dem Vorbild der Berliner Straße *Unter den Linden* geplant gewesen. Zwischen den Baumreihen in der Mitte, durch die die Straße in zwei Fahrbahnen geteilt wird, befand sich früher ein Reitweg. In den Villen wohnte das wohlhabende Bürgertum …«

Tatsächlich sagte Hedi bei der Einfahrt: »Hier können eigentlich nur Anwälte und Ärzte überleben. Du siehst die vielen Schilder an den Häusern. Ich hatte auch mal ein Angebot - puh! Unbezahlbar.«

»Solltest mal in München Praxisräume suchen.«

»Denk ich mir.«

»Was macht unser Herr Kornmann hier?«

»Der hat alles geerbt. Kornmanns waren seit Generationen Juristen und Sozialdemokraten. Drei Häuser in dieser Straße gehören ihm. Weiter hinten. Die Nazis hatten seine Familie damals enteignet, aber sie hat alles wieder zurück bekommen. Jetzt lebt er hier mit Ängsten.«

»Beruf?«

»Er sagt: Privatier!«

»Keine Familie?«

»Null! Verkappter Homo.«

Auf meine unausgesprochene Frage sagte sie: »Alles soll eine Stiftung bekommen.«

Viele Häuser wirkten so, als ob sie den Krieg gut überstanden hätten. Die Baumreihe auf dem Mittelstreifen machte die Straße zu einer sehr schönen Allee. Die Gegenfahrbahn, jenseits der Bäume war aber gerade hässlich aufgerissen. Bagger, Bauwagen und Erdhaufen verstellten den Blick zur anderen Häuserzeile.

Am ziemlich abrupten Ende der Straße fanden wir einen Parkplatz. Auch Kornmanns Haus hatte den Krieg überstanden. Eine gründerzeitliche Villa mit Erkern, Türmchen und Verzierungen. Aufwändig, ohne zweckmäßig zu sein. Zierrat, um zu zeigen, was man hatte und was man war. Aber heute hat es Flair neben den monotonen Neubauten. An der Front waren Schilder eines Anwalts und eines Dermatologen und Anti-Aging-Experten.

Kornmann wohnte im dritten, im Dachgeschoss. Er war groß, hager, scharfe Nase unter hoher Stirn, die von einem

16

grauen Haarkranz nach hinten abgegrenzt wurde. Die Augen hinter einer getönten Brille verborgen. Irritierend gut gekleidet. Ich kann nicht mitreden, aber mit Fliege, Weste, Zweireiher und spitzen Schuhen wirkte er irgendwie *overdressed*. Jedenfalls eitel. Ich schätzte ihn auf 60. In der Wohnung roch es nach Kräutertee.

Bevor er die Wohnungstür wieder schloss, spähte er noch einmal ins Treppenhaus, ob uns auch niemand gefolgt ist. Er bat uns in ein Zimmer mit hohen Bücherregalen. An einem runden Tisch hatte er seine Papiere ausgebreitet.

Zunächst zeigte er mir Ausdrucke aus E-Mails. Unter dem Text stand immer in Handschrift seine deutsche Übersetzung:

»*Furor ergo Dei ascendit super eos et occidit malefactores eorum et damnationes incurvavit* ... da kam der Zorn Gottes über sie und erwürgte die Missetäter unter ihnen und schlug die Verdammten nieder.«

»*Quia dies ultionis Domini annus retributionum iudicii* ... Das ist der Tag der Rache des Herrn und das Jahr der Heimzahlung!«

So ging es noch mehrfach weiter. Immer mit dem Tenor *Rache, Tod, Abrechnung* ...

Ich legte die Blätter zur Seite. »Konnte man nie einen Absender feststellen?«

Er schüttelte den Kopf. »Alles anonym. Die Polizei hat gesagt, man kann. Also grundsätzlich, also die NSA oder ein anderer Geheimdienst, aber mit sehr viel Aufwand. Nicht für ein paar Bibelzitate. - Ruhe mal bitte.« Er lauschte.

»War da nicht ein Geräusch?«

Wir schüttelten beide den Kopf. Er war tatsächlich etwas nervös.

»Was mir noch auffällt«, nahm ich den Faden wieder auf: »Beide, der Schreiberling und der Übersetzer können ganz gut Latein.«

Er lächelte. »Habe zwar das große Latinum, aber letztlich, kannst du dir das im Internet zusammenstoppeln.«

»Gingen Sie in Braunschweig zur Schule?«

Stolz: »Aufs Wilhelm-Gymnasium - eines der besten.«

»Sind Sie katholisch?«

»Wieso?«

»Weil Sie so bibelfest sind.«

Er schüttelte den Kopf. »Wir alten Braunschweiger sind protestantisch. Wie gesagt: Internet. Da können Sie die gesamte Bibel abrufen. Aber jetzt kommt´s.« Triumphierend legte er mir ein neues Blatt vor. »Schauen Sie sich das mal an! Das kam vorgestern.«

Ich las: »*Mas tú derribado eres en el sepulcro, a los lados del abismo.* Aber in die Hölle wirst du hinabgestürzt, in die tiefste Grube!«

Gespannt schaute er mich an. »Wissen Sie, was das ist?«

Kopfschütteln. »Spanisch wahrscheinlich. Oder portugiesisch? Ich kann beides nicht.«

»Das ist Jesaja 14, Vers 15 tatsächlich auf Spanisch! Ich habe es eruiert. Geht ja heute alles per Mausklick. Der Kerl ist Spanier, sonst wäre ihm das nicht passiert!«

Ich war verblüfft und sagte: »Chapeau! Das war gute Arbeit! - Und? Haben Sie auch schon einen Verdacht?«

Er warf den Kopf nach hinten. »Habe ich!« Pause. Dann sagte er feierlich: »Marcelino Fernández Verdes!«

Ich sah hinüber zu Hedi. Sie zuckte mit den Schultern, blieb aber ernst.

Kornmann zog jetzt eine Fotokopie hervor. Es war eine Seite aus dem SPIEGEL. Die Überschrift war rot angestrichen:

Ich reichte das Papier an Hedi weiter. Kornmann erklärte:
»Hochtief kennen Sie sicher. Das war ein solides, weltweit ak-
tives, deutsches Bauunternehmen. Die haben ohne Probleme
den Tempel von Abu Simbel versetzt, die Bosporusbrücke,
den Elbtunnel, den Gotthardtunnel und den Rhein-Main-
Flughafen gebaut. Nur mal als Beispiel. Dann haben die Spanier die Firma übernommen. Jetzt bauen die in Hamburg die
Elbphilharmonie und - Sie ahnen es?«

Ich musste raten: »Den Berliner Flughafen?«

Er strahlte. »Exakt! Die großen Problembauten bei uns
sind in spanischer Hand.«

»Ich dachte bisher, dass sich spanische Baulöwen nur für
Fußballklubs interessieren«, versuchte ich zu scherzen. »Real
Madrid und so - .«

»Unsinn. Nehmen Sie Airbus. Wer verzögert die Auslieferung des Transporters an die Bundeswehr?«

»Ein Spanier?«

Er nickte. »Domingo Ureña-Raso. Die wollen gar nicht,
dass da was vorangeht. Sie wollen Deutschland vorführen.
Weltweit.«

»Aber was wollen sie hier in Braunschweig?«

»Die Jasperallee!«, kam es wie aus der Pistole geschossen.
»Unsere schönste Straße wollen sie platt machen. Ich habe
mal recherchiert: Sechs Häuser gehören ihnen schon. Über
Scheinfirmen.«

»Was heißt *platt machen*?«, fragte Hedi dazwischen.

19

»Wie Hitler. Die Nazis haben uns damals enteignet, um hier eine doppelt so breite Aufmarschstraße zu bauen.«

»Und das will Signor - wie heißt er?«

»Marcelino Fernández Verdes!« Kornmann hatte den Namen richtig drauf.

»Und dieser Signor Verdes will hier auch doppelte Breite?«

Kornmann schüttelte den Kopf und hob eine Hand nach oben. »Doppelte Höhe. Er will hier einfach die Grundflächen verdoppeln oder sogar verdreifachen. Schauen Sie doch mal, wie die in Spanien gebaut haben. Überall Hochhäuser. Das kann Braunschweig auch blühen.«

Er sammelte seine Papiere wieder zusammen. »Sind Sie mal die Berliner Straße rausgefahren?«

»Nein«, sagte Hedi für mich. »Er ist heute erst angekommen!«

»Wenn Sie da rausfahren, steht linker Hand ganz groß an einem Giebel: *Viva España!* Muss man sich mal vorstellen! Mitten in Braunschweig!«

Hedi meinte, es schon gesehen, aber nicht weiter beachtet zu haben.

»Ist vielleicht die Vorfreude auf die kommende Weltmeisterschaft?«, gab ich zu bedenken.

Doch Kornmann war ungnädig. »Das stand schon lange vorher.«

»Hat man Ihnen denn mal ein Übernahmeangebot gemacht?«

Kornmann schüttelte den Kopf: »Das kommt erst, wenn ich weich gekocht bin. Das ist ein Stratege, sage ich ihnen.«

»Würden Sie denn verkaufen?«

Empörung. »Niemals. Wir sind eine alte Braunschweiger Familie. Mein Urgroßvater hat hier gebaut. Mein Großvater war sozialdemokratischer Abgeordneter im Braunschweiger Landtag und hat 1931 gegen die Einbürgerung Hitlers gestimmt.«

Ich war etwas perplex ob dieser Wendung. »Wieso musste Hitler eingebürgert werden?«

»Der war doch Österreicher.«

Hedi erklärte mir: »Der hätte niemals Kanzler werden dürfen. Erst die Braunschweiger, also die Regierung des Landes Braunschweig, das nach dem ersten Weltkrieg entstanden war, machte ihn zum Gesandten bei der Reichsregierung in Berlin. Damit war er Beamter und als solcher automatisch Deutscher.«

»Ist ja verrückt.«

Hedi lachte jetzt: »Schuldig ist wieder einmal Heinrich der Löwe.«

Wir warteten gespannt auf die Pointe:

»Denn wegen Heinrichs Unbotmäßigkeit wurde ja das Herzogtum Sachsen zerschlagen. Teile davon wurden zum Herzogtum Braunschweig-Lüneburg, das schließlich im Auf und Ab der Geschichte noch im Freistaat Braunschweig endete. Der wiederum war also der Staat, der Hitler eingebürgert hat - und der ohne Heinrichs ständige Querelen mit dem Rest der Welt, so gar nicht entstanden wäre. Überspitzt könnte man also sagen: Ohne den Löwen kein … Na ja.«

Das musste erst mal sacken.

»Und Ihre Familie war also gegen die Nazis?«, fing ich das Thema wieder auf.

»Absolut. Deshalb wurden wir ja auch enteignet. Wie viele hier, die nicht in der Partei waren. Die brauchten ja Platz für ihre Pläne. Und Wohnraum für die Menschen vom Luftflottenkommando, das dort drüben gebaut wurde.«

Er zeigte etwas vage aus dem Fenster.

»Da ist jetzt eine Gesamtschule drin«, ergänzte Hedi.

»Später«, fuhr Kornmann fort, »beim Endkampf um die Stadt, wollten die hier sogar alles sprengen, um vom Nußberg dort drüben ein freies Schussfeld zu haben. Braunschweig wurde ja zur Festung erklärt.«

»Unglaublich!«, gab ich zu. »Aber ein bisschen unsortiert. Breite Straße, Wohnungen, Schussfeld …«

Er ging nicht darauf ein.

»Nach dem Krieg war mein Großvater am Amtsgericht. Hat etliche Nazis hinter Gitter gebracht. Die meisten sind ja dann bald wieder freigekommen.«

»Wer erbt denn später mal ihre Immobilien?«

»Die kommen in sichere Hände. Eine Stiftung, die sich mit Wasserbohrungen in Südamerika befasst.«

Er war aufgestanden, ging zu einem Bücherschrank mit Glastür und zog eine Akte heraus. Feierlich legte er sie mir vor. Ich verstand gar nichts. Ein Prospekt mit vielen bunten Seiten, auf denen ich nur den Absender erraten konnte:

Eine *Fundación Fuente Argentina - Una Compañía para Proyectos y Realizaciones* in der *Avenida Córdoba* in Buenos Aires. Die Bilder zeigten wirklich irgendwelche Dorfbrunnen, spritzende Kinder, saufende Rinder und viele Tabellen mit Diagrammen.

Und auf der Rückseite stand ganz klein: *Representante en Alemania: Superior Berthold Bruene-Hubbach, Jasperallee 36a, 38102 Braunschweig.*

Ich war völlig verblüfft: »Das sind doch auch Spanier?«

»Das sind Argentinier«, sagte Kornmann fast triumphierend.

»Und was, bitte, ist ein Superior?«

Auch das kam, ohne zu zögern: »Ein *Superior* ist so was wie ein Supervisor, also der Aufseher oder Vorsteher einer verschworenen Gemeinschaft. Also meistens Klöster. Die Mitglieder sind durch das Gelübde des Gehorsams verpflichtet, den Anweisungen ihres Oberen bedingungslos zu folgen.«

»Und wieso sitzen die in der Jasperallee?« Ich schob Hedi den Prospekt rüber.

»Meinetwegen!«, sagte er feierlich. Jetzt spürte man wieder den Stolz: »Ich habe den Herrn auf einer Kreuzfahrt in der Karibik kennengelernt. Sehr smart. Deutsche Vorfahren, in Argentinien aufgewachsen. Mit viel Empathie für die Ärmsten der Armen. Sie bauen überall Brunnen für die Dürstenden.«

Jetzt wurde er sentimental: »Notabene: Er teilt mit mir ein Faible für Fliegen - also die hier.«

Zugegeben: Er trug eine sehr auffällig gemusterte mit bunten Quadraten à la Mondrian, würde ich sagen. Hedi zwinkerte mir zu.

»Und jetzt sitzt er in Ihrer Nachbarschaft? - Was sagt er denn zu den Mails?«

»Er teilt meine Sorgen. Fordert erhöhte Wachsamkeit. Ich soll keinem davon erzählen. Das könnte Trittbrettfahrer animieren.«

Interessante Theorie musste ich denken. Fragte aber, ob der Herr auch Latein kann.

»Ich bitte Sie. Er ist Superior.«

»Also kann er?«

»Er kann!« Hochmütiges Lächeln. »Aber er brauchte mir gar nicht zu helfen. Ich habe das meiste selbst übersetzt.«

»Und könnte er nicht …?«

Als er meine Frage verstanden hatte, verzog sich sein Gesicht fast zu einer Grimasse.

»Wenn Sie so etwas denken, brauche ich Sie nicht«. Er schaute zu Hedi.

Sie war aufgestanden und legte Herrn Kornmann die Hand auf die Schulter.

»Lieber Herr Kornmann. Lars war Polizeibeamter. Die denken nicht, bevor sie fragen, sondern die fragen, bevor sie denken. Und erst dann kann was draus werden.«

Diese Definition eines Berufsstandes fand ich so amüsant, dass ich die Spannung mit herzhaftem Lachen auflöste.

»Also, Herr Kornmann. Wenn Sie sagen, dieser Herr -«

»Bruene-Hubbach! Freunde nennen ihn einfach SBH.«

»Dieser Bruene-Hubbach - ist zweifelsfrei außer Verdacht. Das will ich ja respektieren. Aber wie können wir Ihnen helfen?«

»Verfolgen Sie die Spur HOCHTIEF, die Spanier! Da liegt das Übel.«

Ich fragte noch nach seinen Sicherheitsmaßnahmen.

»Türen und Fenster sind mit Alarmanlagen ausgerüstet. Da ist die Polizei sehr schnell da.«

»Überwachungskameras?«

Er schüttelte den Kopf. »Wurde mir abgeraten. Die wären ja erst nach meinem Tode nützlich. Um die Täter zu finden. Wäre ja etwas spät. Nichtwahr?«

»Wer sagt denn so etwas?«

Er wirkte beleidigt: »SBH.«

»Entschuldigung, da will ich nicht dazwischen reden.«

Wir verabschiedeten uns mit dem Versprechen, dass ich mich mal um diese Spanier kümmere. Und Hedi mit ihm direkt Kontakt halten werde.

»Wer wohnt denn noch hier im Haus?«, wollte ich noch wissen.

Er schüttelte den Kopf: »Nur Praxen. Sie haben ja die Schilder draußen gesehen. Nachts bin ich hier ganz allein.«

Fast tat er mir leid.

Als wir draußen waren, hörten wir fünf verschiedene Schließgeräusche von Riegeln und Sicherheitsschlössern.

Auf dem Weg zum Auto beschloss Hedi, dass wir jetzt zum Abendessen ins *Sukiyaki* gehen.

»Liegt am Weg und ich muss nicht mehr kochen.«

Natürlich war ich einverstanden.

Das Sukiyaki war wohl früher

eine Eckkneipe oder ein Tante-Emma-Laden. Jedenfalls hatten Thais auf engstem Raum eine gewisse, private Esszimmer-Atmosphäre geschaffen. Das kam an, denn kurz nach sechs war es schon ziemlich besetzt. Als Münchner haute mich die Atmosphäre aber nicht um.

Hedi empfahl mir, als Vorspeise unbedingt diesen *fritierten Rettich* zu versuchen.

»Was Radi? Ja, wo sammer denn?«

»Vergiss deinen Biergarten. Diese knusprigen Dinger sind göttlich.«

Ich folgte ihrem Rat und bestellte noch etwas mit Ente …

Dann kamen wir auf Kornmann.

»Was hältst du von ihm?«

Ich sortierte noch: »Eitel, verängstigt, schwul. Mehr fällt mir jetzt nicht ein.«

Hedi lachte. »Könntest Psychologe werden. Er hat aber auch ein paar gute Eigenschaften.«

»Ist schwul was Schlechtes?«

»Kommt auf die Perspektive an. Jedenfalls treibt er mit seinem Vermögen kein Schindluder, sondern setzt es sehr philanthropisch ein.«

»Ist er gläubig?«

»Eher sozialistisch. Aus Familienbande.«

»Das mit der Stiftung ist aber doch etwas - also es hat Geschmäckle, sein Geld jemandem zu vermachen, nur, weil der hübsche Fliegen trägt.«

»Wir können ja den Herrn Bruene-Hubbach mal besichtigen.«

»Am besten gleich morgen!«

»Morgen ist Sonntag.«

»Sonntags trägt er vielleicht seine schönste Fliege.«

»Oder gar keine, weil Sonntag ist.«

»Also am Montag. Was hältst du überhaupt von der Sache?«

Sie fuhr mit ihrem Zeigefinger entlang einer Linie im Tischtuchmuster. Nach langem Zögern kam dann: »Mobbing oder Joke - das ist hier die Frage.«

»An einen Joke dachte ich auch schon. Man müsste ehemalige Schulkameraden fragen, den Lateinlehrer, wenn er noch lebt, ob es da alte Geschichten gibt. - Allerdings hätte Kornmann dann auch drauf kommen können. Dumm ist er ja nicht.«

Das Essen kam und wir genossen erst mal die thailändische Küche. Sie war besser als das ganze Ambiente drumherum.

Zwischen den Bissen verglichen wir München und Braunschweig, Isar und Oker, Eintracht und Bayern.

»Wieso heißt du als Süddeutscher eigentlich Lars?«, wollte sie wissen.

»Ganz einfach: Mein Vater war Austauschschüler in Dänemark. Lars hieß sein Freund dort. Wir haben uns später noch jahrelang besucht. Immer Sommerferien im Norden.«

Hedi bestand dann darauf, dass es hier mehr Fahrradfahrer als in München gibt. Ich lobte die Renaturierung der Isar. Hedi lobte die Oker, weil sie »praktisch kalkfrei aus dem Harz kommt. Bügeleisen, Wasserkocher - alles bleibt über Jahre ohne die lästigen Ablagerungen.«

»Also gut. Trinken wir auf viele Jahre ohne lästige Ablagerungen!«

»Und was den *FC Bayern* betrifft - du musst die *Eintracht* mit euren *60ern* vergleichen. Die sind sich doch ähnlich, werden sogar beide *die Löwen* genannt. Und steigen auf und ab.«

»Also gut. Bayern außer Konkurrenz.«

Hedi zog aber noch einen Trumpf: »Dafür wurde in Braunschweig erstmals Fußball auf deutschem Boden gespielt. 1874 führte ein Lehrer am Braunschweiger Gymnasium an seiner Schule das Fußballspiel ein.«

Ich war beeindruckt und gab kampflos auf.

Am nächsten Tag

zeigte mir Hedi ein paar Sehenswürdigkeiten von Braunschweig. Für die Geschichte hier wurde ein Besuch auf dem Nussberg bedeutsam. Wobei das Wort Berg hier eine ähnliche Bedeutung hat wie in München der Nockherberg. Es ist halt ein bisschen höher als drumherum.

Deshalb hatten die Nazis auf dieser kleinen Höhe Stollen für einen ›Kreisbefehlsstand‹ und Luftschutzbunker für die Bevölkerung in den Hang getrieben. Man kann heute noch die zugemauerten Eingänge zu den Bunkern aus Stahlbeton und eine Stützmauer aus Buntsandstein sehen.

»Die sind wegen Einsturzgefahr gesperrt«, erklärte Hedi. »Vorher wurden die Bunker so weit wie möglich gesprengt. Ich habe Berichte gelesen, dass beim Bau französische und italienische Kriegsgefangene und KZ-Häftlinge eingesetzt wurden. Tag und Nacht musste gearbeitet werden. Es war ja mitten im Krieg. Da weiter hinten haben sie auch eine Thingstätte angelegt. Für feierliche Aufzüge und Aufführungen. Überhaupt waren die Nazis hier ganz schön rührig.«

»Vielleicht hat der Name *Braun*-schweig sie angezogen«, versuchte ich einen Scherz.

»Also geschwiegen haben sie ja nicht. Und die Feinde auch nicht. Die Bombenangriffe wurden immer heftiger. Braunschweig war am Schluss ganz schön kaputt.«

Wir waren an einem ehemaligen Beobachtungsstand angekommen, der jetzt als Aussichtsplattform genutzt wird.

Von hier oben hat man einen schönen Blick auf die Stadt und Hedi erklärte mir die Lage: »Vor uns liegt das Franz'sche Feld. Damals ein Sammelplatz für SA-Aufmärsche. Links ist

28

der Stadtpark und rechts die Gebäude des ehemaligen Luft-flottenkommandos. Wir sprachen gestern davon.«

»Wo heute die Schule ist.«

»Genau. Und dort hinten, verdeckt von den Bäumen, liegt das Objekt der Begierde, die Jasperallee. Hinter dem Theater geht es in direkter Linie weiter bis zum Burgplatz. Bereits 1931 zogen da unten 100.000 SA-Männer diesen Weg, um sich von Hitler die Standarten weihen zu lassen.«

Es war wirklich reiner Zufall, dass wir auf diese braune Vergangenheit Braunschweigs zu sprechen kamen. Wären wir zum Dom gefahren, hätten wir sicher andere Themen gehabt. So aber war ich neugierig geworden.

»Ich glaube, ich muss mal hier ins Stadtarchiv, um mich kundiger zu machen. Aber das Haus mit dem *Viva España* würde ich auch gern mal sehen. Ist das weit?«

»In Braunschweig gibt es keine Entfernungen. Deshalb fahren hier ja alle Fahrrad.«

Wir gingen zurück zu ihrem Auto und fuhren zur Berliner Straße. Tatsächlich: Schon von Weitem grüßte die Inschrift von einem Giebel. Sauber ausgeführt, also kein Graffiti, das mal schnell aufgesprüht worden war.

Wir stiegen aus. Von außen machte das Anwesen einen ordentlichen Eindruck. Drei Stockwerke, ein Mietshaus eben, wie es tausend andere gibt. Im Hof war eine Partyecke eingerichtet. Das Hinterhaus sah regelrecht gepflegt aus. Am Eingang hing eine Art Uhr mit vier farbigen Segmenten und spanischer Inschrift. Der Zeiger stand auf *Vacaciones*. Das verstand ich sogar. Die drei anderen Felder deutete ich als *Schlafen, Essen, Arbeiten*. Hedi zuckte die Schultern.

»Sieht zwar spanisch aus, aber nicht nach Hochtief.«

Wir gingen zum Eingang des Vorderhauses - und staunten. Die Klingelanlage war völlig zerstört. Lose Drähte hingen dort, wo Namensschilder sein sollten. Und jetzt wirkte das ganze Haus auch merkwürdig leer, trotz der Gardinen an den Fenstern. Sollte hier doch ein Objekt entmietet werden? Von spanischen Spekulanten? Wir klopften noch einmal an die Haustür. Nichts rührte sich. Kornmann wäre beunruhigt. Wir trösteten uns mit dem Hinweis, dass unlautere Absichten bestimmt nicht mit einem emphatischen Aufruf an der Hauswand kundgetan werden.

Auf der anderen Seite: Ein Mietshaus, das an einem normalen Sonntag völlig leer steht, ist auch ungewöhnlich.

»Wir werden noch einmal herkommen«, beschloss Hedi. »Jetzt fahren wir erst mal nach Riddagshausen und wandern um die Teiche. Auch die Klosterkirche ist sehenswert.«

Gesagt, getan. Ich spar mir hier die Einzelheiten. Darüber kann man woanders nachlesen.

Die ›Fundación Fuente Argentina‹

hat (oder heute muss man sagen: hatte) ihren Sitz in einem ähnlichen Bau wie Kornmanns Anwesen. Von den Hausecken waren Kameras auf den Eingang gerichtet. Die Haustür selbst schien noch aus der Gründerzeit. Schwere Eiche und undurchsichtige Butzenscheiben. Ein roter Lichtpunkt über dem Spion verriet aber die elektronische Kamera.

Auf unser Läuten fragte eine Stimme aus dem Off: »Sie wünschen?«

»Wir möchten SBH sprechen. Herr Kornmann schickt uns«, sagte ich frech in Richtung Spion.

Sofort ertönte ein Summer, die Tür sprang auf. Wir betraten einen fensterlosen Vorraum. Das Licht kam aus Leuchtkästen, die Brunnen und Wasserspiele zeigten - zum Teil als Video. Sonst kein Mobiliar. Lediglich ein großer Spiegel vergrößerte den Raum. Vermutlich konnte man hinter der Scheibe die Besucher noch einmal mustern.

Dem Eingang gegenüber war eine Doppeltür aus Metall, die einen Fahrstuhl vermuten ließ. Sie glitt jetzt geräuschlos auf und zeigte tatsächlich eine Art Fahrstuhlkabine. Muss ein beträchtlicher Aufwand gewesen sein, so etwas nachträglich hier einzubauen. Eine Stimme bat uns, einzutreten.

Wir suchten noch irgendwelche Knöpfe, als sich die Tür gegenüber öffnete und uns in ein Empfangsbüro entließ. Der Fahrstuhl war also eher eine Sicherheitsschleuse. So wie sie auf Flughäfen eingesetzt werden. Hinter einer Theke saß ein junges Ding mit spitzer Nase, Pferdeschwanz und Brillant im Nasenflügel.

»Guten Tag, darf ich zunächst um ihre Namen bitten?«

Nachdem die Formalitäten geklärt waren, eröffnete uns die Dame, dass SBH, also Superior Bruene-Hubbach, leider heute Vormittag überhaupt nicht in der Stadt sei. Wir könnten frühestens heute um 17 Uhr einen Termin haben - mit Vorbehalt. Sie möchte eine Handynummer, um uns gegebenenfalls noch abzusagen, falls der Superior schon anderweitig disponiert hätte.

Was blieb uns übrig.

Hedi musste um 11 Uhr in ihrer Praxis sein. Sie schlug vor, mich am Stadtarchiv abzusetzen. Es war im Schloss untergebracht. Um kurz vor 17 Uhr wollte sie mich hier wieder abholen.

Die Dame, die den Lesesaal beaufsichtigte, war sehr freundlich, erklärte aber, dass montags bereits um 12 Uhr Schluss sei. Ich könnte aber noch alte Zeitungsbände bestellen. Die würden morgen für mich bereitliegen.

Ich bestellte die ›Braunschweigische Staatszeitung‹ und den ›Volksfreund‹, die Stimme der Opposition, jeweils vom Oktober 1931. Im Lesesaal fand ich einige Bildbände zu Braunschweigs Geschichte, die ich interessiert studierte.

Dann trieb ich mich im Schloss und in Braunschweigs Innenstadt herum. Hedi erschien pünktlich am Treffpunkt.

Beim erneuten Besuch bei der *Fundación Fuente Argentina* war der Ablauf ähnlich. Nur, dass die Dame uns zu einem Treppenaufgang wies. Auch hier waren Kameras zu erkennen. Ein Stockwerk höher empfing uns ein junger Mann, dessen Muskelpakete mühsam in einen Anzug gepresst waren. Das Blondhaar zum Glatzkopf gestutzt. Der typische Bodyguard. Hinter ihm waren mehrere Monitore platziert, auf denen er wohl das Geschehen beobachtete.

Er stellte sich als Paolo Brandner vor, persönlicher Referent des Superior. Er sprach den Namen so feierlich, als ob ihn selbst eine Gloriole umgeben müsste. Dann klopfte er an eine Tür, lauschte und als er wohl Zustimmung erfuhr, öffnete er sie für uns mit breitem Lächeln: »Es empfängt sie Superior Berthold Bruene-Hubbach«, sang er fast.

Die Frage, welches Bild ich bisher von einem Argentinier hatte, ging mir schon auf der Herfahrt durch den Kopf. Leicht adipös, wie Maradona oder Messi? Hager, wie der neue Papst? Gegerbt, wie der ewig rauchende Fußballtrainer Menotti, der als Schreckgespenst durch meine Kindheit geisterte?

In einem großen Büro stand vor einem großen Fenster ein kleiner, eher untersetzter Mann, der sich durch körperliche Streckung über seine geschätzte 165 cm erheben wollte. Irgendwie musste ich eher an Napoleon denken als an Maradona.

Er trug tatsächlich eine auffallende Fliege. Sie saß wie ein Orden, bunt wie ein Schmetterling auf einem wohldosierten Grau-in-Grau. Das Gesicht etwas aufgedunsen. Platte Nase, dicke Lippen, scharfe Augen, alles etwa bullig und umkränzt von dunklen Locken, die Hedi später als hübsch bezeichnet hat. Sie machten den Menschen etwas griffiger. Man glaubte, da mal rein fahren zu können, um zu sagen, *is ja gut*. Dennoch: Auf den ersten Blick, unsympathisch. Ich schätzte ihn auf Mitte 50, später habe ich erfahren, dass er 42 Jahre alt war.

Nach einem steifen Händedruck mit Namensnennung bat er uns an einen Teetisch, auf dem alles für drei Personen hergerichtet war. Auch einer seiner bunten Prospekte lag bereit.

Ich merkte, wie er meine Prothese musterte. Darauf öffnete und schloss ich die Finger mehrmals, damit er sehen konnte, dass ich nichts verbarg.

Um mich gar nicht erst einlullen zu lassen, fragte ich forsch »Superior, wovor haben Sie so große Angst?«

Er tat, als hätte er die Frage nicht verstanden und fragte zurück: »Angst wovor?«

Hedi griff ein: »Der Zugang zu Ihnen gleicht einer Festung, Kontrollen, Kontrollen, Kontrollen - für jemand, der Springbrunnen baut«, sie deutete auf den Prospekt »ist das auffällig. Sie sind hier in Deutschland. Ist das Ihre argentinische Vergangenheit, die Sie hier umtreibt?«

Er schien irritiert, wollte Zeit gewinnen. »Umtreibt?«

»Die Sie hier glauben weiter führen zu müssen? Ich frag mal direkt: Waren Sie in Argentinien bedroht?«

»Was denken Sie? - Wir bauen Brunnen. Weltweit. Das ist ein seriöses Geschäft.«

»Also ganz normale Vorsichtsmaßnahmen«, lenkte ich ein. »Wie deutsch ist denn Ihre Familie?«

»Was soll das heißen?«

Er war ständig auf der Hut.

»Nur so. Beide Staatsangehörigkeiten geht ja kaum, welche ist denn ihre - wie soll ich sagen?«

»Also die Bruenes sind schon seit Generationen in Argentina, die Hubbachs sind nach dem Krieg eingewandert. Ich habe von beiden Familien genug mitbekommen. Und habe einen deutschen und einen argentinischen Pass.«

»Dann frag ich mal so: Wenn bei der kommenden WM Deutschland gegen Argentinien spielen sollte, beide sind ja dabei, für wen schlägt da ihr Herz.«

Jetzt ging ein Lächeln auf: »Ah, wenn Deutschland einen Lionel Messi hätte, einen Angel Di Maria, einen Gonzalo Higuain - dann wäre mein Herz auf deutscher Seite.«

»Ein Schweinsteiger, ein Özil, ein Klose kann Ihnen gar nicht imponieren?«

Er schwieg.

»Und warum ist Ihr Firmensitz hier in Braunschweig?«

»Ah, Deutschland ist das Herz Europas. Sie wissen sicher auch, welche Probleme die argentinische Währung hat - da ist ein Platz im Euroraum immer vorteilhaft. Nun, dazu kommt die Bekanntschaft mit Herrn Kornmann. Er ist ein sehr großzügiger Gastgeber.«

»Wie katholisch sind Sie?«

Er lachte. »In Argentinien ist nicht nur der Papst katholisch. Aber ich gebe zu: Ich war in einem katholischen Internat mit deutscher Prägung. Gegründet von dem berühmten Kardinalprimas Santiago Luis Copello und einer deutschen Prinzessin.«

»Nie gehört.« Auch Hedi schüttelte den Kopf.

Ich fragte weiter: »Besitzen Sie eine deutsche Bibel?«

»Ah, jetzt verstehe ich Ihre Frage. Ich besitze sogar eine lateinische. Ich bin Superior. *Super hanc petram aedificabo ecclesiam meam,* wenn sie verstehen.«

»Auf diesen Felsen will ich meine Kirche bauen«, kam es prompt von Hedi. »Ich habe auch das große Latinum.«

Der Superior lächelte etwas verkniffen.

»Ich habe Herrn Kornmann immer gesagt, die Mails hat jemand mit großem Latinum geschrieben. Das ist sicher ein Spaß, der mit seiner Schulzeit zusammenhängt.«

»Er glaubt aber an einen Spanier. Was halten Sie davon?«

»Nicht viel. Das kann man doch alles einfacher haben, wenn man Grund und Boden besitzen will.«

»In Argentinien vielleicht. Aber hier gibt es eine strenge Aufsicht, wem, was, wann gehört. Besonders bei Landbesitz.«

»Wir haben dort auch so etwas wie ein Katasteramt.«

»Gewiss. Sie raten also Herrn Kornmann zu einem *Business as usual*?«

»Was sollte er sonst tun? Der Absender lässt sich kaum ermitteln. Ihm geht es gut.«

»Wie heißt denn Ihr Orden dem Sie vorstehen?«

»*Los Otros* - die Anderen«, sagte er sehr betont. »Es ist kein richtiger Orden. Mehr eine verschworene Gemeinschaft, eine Abspaltung oder besser, ein Nebenzweig der Franziskaner.

Wie Sie sicher wissen, gab es schon von Anfang an einen Armutsstreit unter den Franziskanern. Hier die strengen Anhänger des heiligen Franz von Assisi, da die Befürworter einer gemäßigten Haltung, weil man einsah, dass Geld nötig ist.«

Wir wussten natürlich nicht.

Er dozierte also weiter, sichtlich in seinem Element: »Papst Gregor IX. verfügte 1232, dass die Ordensverwaltung Gelder besitzen darf und der Bau von Klöstern den Absichten des Ordensgründers nicht entgegen stehen. Dennoch schwelte der Streit weiter und führte zu Konflikten. Viele Brüder gaben ihre strenge Armut und ihr seelsorgerisches Engagement zu Gunsten von Besitz und Gelehrsamkeit auf. Sie sahen ihre Lebensaufgabe im Wirken an bedeutenden Universitäten. Wir von den *Otros* gehen noch weiter. Man muss nicht einmal katholisch sein. Darüber hinaus wollen wir Besitz bewusst anhäufen, um ihn für soziale Belange - siehe Brunnenbau - einzusetzen. Motto: *Pekunia non olet*. Besser das Geld in guten Händen, um immer Gutes zu vollbringen.«

Fast hätte ich *Amen* gesagt.

Ich stand auf. »Herr Bruene-Hubbach, ich fahre in dieser Woche noch nach München zurück. Ich wäre Ihnen dankbar, wenn Sie Herrn Kornmann ähnlich beschützen könnten, wie Sie es hier vorführen.«

Auch Hedi war aufgestanden. »Ich schließe mich dem voll an. Übernehmen Sie ein bisschen Verantwortung. Er mag Sie.«

Bruene-Hubbach verbeugte sich. »Seien Sie versichert: Ich werde tun, was ich in der Sache für richtig halte. Das war schon immer meine Maxime. - Paolo!«

Der Bodyguard erschien. »Bring bitte die Herrschaften unversehrt zur Haustür.« So geschah es.

»War doch nett«,

resümierte ich, nachdem wir wieder im Auto saßen. »Ein aalglatter Argentinier und ein Braunschweiger Muskelpaket. Gefallen haben sie mir beide nicht.«

»Mir gefällt auch nicht, dass sie Herrn Kornmann gefallen. Aber uns fragt ja keiner.«

»Jetzt lass uns noch einmal zu dem Haus mit dem *Viva España* fahren«, schlug ich vor. »Möchte doch sehen, was dahinter steckt.« Hedi war einverstanden.

Wieder war alles wie ausgestorben. Nur die Tür zum Haupthaus war angelehnt, so als sei jemand gerade nur zum Mülleimer oder zum Briefkasten. Die Klingelleitungen hingen immer noch lose herum. Es war nicht zu erkennen, ob es Vandalismus war oder ob der Installateur nur unterbrochen worden war.

Ich rief *Hallo!* Nichts rührte sich. Hedi drückte die Haustür vorsichtig auf. Ihr schien das Indianerspiel Spaß zu machen. Das Treppenhaus war sauber. Rechts an der Wand hing eine Müllordnung, also Hinweise zur blauen, grünen und grauen Tonne. Auf deutsch!

An den einzelnen Wohnungstüren erkannte man jetzt große Zahlen. Offensichtlich handelt es sich um Apartments. Bevor wir an der ersten Tür klopfen konnten, kam ein Mann aus dem Keller.

Er grüßte uninteressiert und wollte an uns vorbei.

»Verzeihung. Sind Sie Spanier?«

»He?«

»Ob sie aus Spanien kommen?«, versuchte es Hedi. »Madrid, Barcelona?«

»No, Polska. Nix sprechen deutsch.«

»Ah, Pole«, schloss ich messerscharf. »Robert Lewandowski.«

Jetzt hellte sich sein Gesicht auf. »Gut Fußball. Polska nix gut.«

»Na ja, auch viel Pech«, tröstete ich, obwohl er mit Sicherheit nichts verstand. Als letzten Versuch deutete ich nach oben: »Warum Viva España?«

Wieder nur heftiges Abwehren. »Nix España, Polska.«

Wir verzogen uns mit einem freundlichen Lächeln im Gesicht. Er muss uns für ziemlich bekloppt gehalten haben.

Nebenan war eine Autowerkstatt. Ein freundlicher Herr gab uns bereitwillig Auskunft.

»Das ist eine Billigabsteige. Meistens Osteuropäer oder Balkan.«

»Aber der Besitzer?«

»Selbst ein Pole.«

»Warum dann die Inschrift im Giebel?«

»Die ist schon ewig. Warum weiß wahrscheinlich kein Mensch mehr. Also der Pole hat sie bestimmt nicht angebracht und dem gehört das schon seit Jahren.«

Wir bedankten uns, ohne schlauer geworden zu sein.

»Ich glaube, Kornmann können wir beruhigen. Von diesem Haus geht keine Gefahr aus.«

Im Stadtarchiv

übergab man mir am nächsten Tag im Lesesaal zwei dicke Rollen mit Mikrofilmen mit den Zeitungen von 1931. Dann saß ich ein paar Stunden am Lesegerät. Wichtige Seiten ließ ich mir kopieren.

Am Montag den 19. Oktober titelte die *Braunschweigische Staatszeitung*, immerhin *Alleiniges Organ der staatlichen Behörden*, in großen Lettern über die ganze Seite:

Die Braunschweiger Hitlertage.

Ich konnte da lesen, dass man Braunschweig als Ort für die Standartenweihe gewählt hat, weil man wusste, ›*dass hier die Nationalsozialisten keinen Verboten und anderen Gehässigkeiten von Seiten der Behörden ausgesetzt sein würden*‹.

Und dann wurde geschwelgt:

Der Aufzug der 100000 auf dem Franzschen Felde.

Bereits früh um 6 Uhr war es um die Nachtruhe vieler Braunschweiger geschehen. Die SA blies zum Wecken. Durch die Straßen rückten die braunen Bataillone und die Kapellen machten selbst den größten Langschläfer munter. Von den Quartieren aus, die in einem Radius von 10 Kilometern um die Stadt lagen, setzten sich die SA-Formationen in Marsch. Von allen Seiten kamen sie in die Stadt marschiert, wo sich immer neue Gruppen anschlossen. Der Organisationsapparat der Aufmarschleitung arbeitete ausgezeichnet. Je mehr man sich dem östlichen Stadtteil näherte, desto beängstigender wurde das Gedränge. Langsam setzte sich eine Standarte hinter die andere und in endlosen Zügen ergoß sich der braune Heerbann von drei Stellen aus auf das Franzsche Feld. Gegen 11 Uhr ist die gewaltige Kundgebung zu Ende und eine Stunde darauf beginnt der

Vorbeimarsch auf dem Schloßplatz.

Der Bohlweg ist schwarz von Menschen. Die Straßenbahn kann sich kaum einen Weg bahnen. Die Fenster der Häuser sind belagert von Menschen und selbst auf den Dächern haben Unentwegte sich einen guten Ausguck verschafft. Der Balkon des Schlosses und die Fenster sind dicht besetzt. Die Freitreppen fassen keinen Menschen mehr.

Adolf Hitler, sein Stab, die Reichsleitung der NSDAP und zahlreiche bekannte Redner, Goebbels, Strasser, Prinz August Wilhelm u.a. haben vor der Tribüne Aufstellung genommen. Flugzeuge kreuzen über dem Schloß.

Immer wieder hebt Adolf Hitler die Hand zum Gruß. Geduldig harren die Menschen aus, doch der Zug will kein Ende nehmen. Über 6 Stunden marschierte die SA so an ihrem Führer vorbei.

Ganz anders las man´s im

Volksfreund
Organ der Sozialdemokratischen Partei Deutschlands

Der schreibt von Terror, 2 Toten, 63 Verletzten und zitiert als Kronzeugen andere bürgerliche Presse. Zum Beispiel die

Frankfurter Zeitung

Wer Gelegenheit gehabt hat, dieses anmaßende und provozierende Verhalten der SA- und SS-Leute zu sehen. wer ihre blutrünstigen und schmähenden Lieder gehört hat, wer zu beobachten Gelegenheit hatte, wie zahllose Hakenkreuzritter krampfhaft Händel suchten, der weiß, daß die Nationalsozialisten die Schuld an diesen Straßenkämpfen zu tragen haben. Andererseits dürfte auch der nationalsozialistische Polizeiminister dafür verantwortlich zu machen sein. Immer wieder konnte beobachtet werden, daß die SA-Leute Waffen aller Art trugen. Oft brüsteten sie sich sogar damit. Die Polizei hat aber nur in den seltensten Fällen Gelegenheit genommen, die Nationalsozialisten auf Waffen zu untersuchen. Das merkten die Kämpfer des ›Dritten Reiches‹ sehr bald, wonach Machtdünkel und Streitsucht sich fortgesetzt steigerten.

Ich muss zugeben, dass ich hier ein wichtiges Detail, dass später zur Aufklärung in der Sache Kornmann beitrug, übersehen hatte. Aber ich war gedanklich abgelenkt, denn bisher habe ich als Münchner meine Stadt als ›Stadt der Bewegung‹ gesehen. Das muss man ja nach diesen bewegten Tagen in Braunschweig fast revidieren. Außerdem wollte ich noch wissen, wann diese so nazi-freundliche Stadt dem Herrn Hitler die Ehrenbürgerwürde entzogen hat. Das wusste ich noch aus meiner Schulzeit.

Nach drei Klicks auf ihrer Tastatur hatte die freundliche Aufsicht im Lesesaal die Antwort:

»Hier hab ich´s: 16. Januar 1946. Entzug des Ehrenbürgerrechts für Adolf Hitler, Bernhard Rust, Dietrich Klagges, Hermann Göring, Baldur von Schirach, da diese *sich durch ihr Verhalten einer bleibenden Ehrung unwürdig gezeigt*« haben.

Da war ich aber beruhigt. Gedankenschwer verließ ich das wieder aufgebaute Schloss und schaute noch einmal hoch. Damals kamen bald die Flugzeuge und legten alles in Trümmer …

Zu Fuß ging ich noch einmal zu Herrn Kornmann. Den kurzen Weg über einen freien Platz, am ›Kleinen Haus‹ und am Staatstheater vorbei in die Jasperallee hatte ich schnell begriffen. Sogar an einem entzückenden, achteckigen Pissoir kam ich vorbei, das ich fotografieren musste:

Foto: Autor

Ein gusseiserner Tempel aus der Gründerzeit, ausschließlich der männlichen Notdurft vorbehalten. Lustige Gedanken befielen mich. Wieso wurde er

41

hier neben das herrschaftliche Hoftheater gestellt? Hat man vielleicht zu oft gegen die heiligen Wände gepinkelt?

Ich wollte Kornmann den Stand meiner Ermittlungen, die dürftig waren, mitteilen und mir Fotokopien der Drohmails geben lassen.

Er schlug vor, sie einfach auf meine Mailbox weiterzuleiten. Genial.

Die Erkenntnisse über die polnische Absteige schien ihn zu beruhigen. Zumal ein Signor Verdes dort völlig unbekannt war.

»Vielleicht sollte ich mal Geld spenden, damit das übertüncht wird.«

Dann überraschte er mich mit einer seltsamen Nachricht:

»Herr Urbach, Sie haben etwas Zupackendes. Das gefällt mir.«

Es waren meistens negative Nachrichten, die auf eine solche Eröffnung folgten. Hier war es anders. Ganz anders:

»Deshalb bekommen Sie hier alle Unterlagen für ein Bankkonto bei der NordLB inklusive VISA-Card. Darauf befinden sich 20.000 Euro. Es wird sofort für Sie freigeschaltet, wenn Sie einen beglaubigten Totenschein für meine Wenigkeit vorlegen. Ich möchte, dass Sie mit dem Geld alle Möglichkeiten haben, die Umstände meines Todes zu untersuchen.«

»Sie glauben tatsächlich, dass etwas Ungewöhnliches passieren könnte?«

»Ich weiß nicht, was ich glauben soll, aber will sicher sein, dass keine Fragen zu meinem Tod offenbleiben. - Und, ganz wichtig: Ich will, dass Schuldige zur Rechenschaft gezogen werden. Jetzt rede ich mal lateinisch: *oculum pro oculo, et dentem pro dente*. Ich muss Ihnen das nicht übersetzen.«

Nein, musste er nicht.

»Herr Kornmann, wir bleiben im Kontakt.«

Dieses Versprechen konnte ich leider nicht mehr einlösen. Das Bankkonto gab mir allerdings eine Bewegungsfreiheit, die den Verbrechern zum Verhängnis werden sollte.

Auf der Heimfahrt im ICC

las ich ausnahmsweise die FAZ. Meine *Süddeutsche* war am Braunschweiger Hauptbahnhof vergriffen. »Kaff«, erschreckte ich die Verkäuferin, die ja völlig unschuldig und unwissend war.

Hinter Göttingen, passend zur nahen Grenze nach Hessen, stieß ich auf einen irritierenden Artikel: »In Hessen gibt es mehr als 20 unvollstreckte Haftbefehle gegen Neonazis«, las ich da. »Die Gesuchten, gegen die unter anderem wegen bandenmäßigen Diebstahls und gefährlicher Körperverletzung ermittelt werde, waren nach Angaben des Innenministeriums bisher nicht dingfest zu machen, weil ihr Aufenthaltsort seit November unbekannt sei.«

»Na Servus«, dachte ich und las staunend weiter: »Das Ministerium weist in seiner Stellungnahme darauf hin, dass die rechtsextremistische Szene „organisatorisch wie ideologisch kein einheitliches Gefüge" sei, sondern setze sich aus verschiedenen, oft sehr unterschiedlich agierenden Teilen zusammen. Diese Gruppen handelten „anlassbezogen" und in einem engen regionalen Umfeld, das Mobilisierungspotential der extremen Rechten insgesamt sei „eher gering".«

So weit die FAZ. Da ich in Fulda umsteigen musste, hatte ich die Nachricht schon wieder vergessen und widmete mich fortan dem Sportteil. Drei Monate später sollte ich mich wieder daran erinnern und ich las ihn im FAZ-Archiv noch einmal nach.

Wieder in München ging ich zu Fuß in mein Büro. Der *Elisenhof* ist ja schräg gegenüber. Der Anrufbeantworter blinkte bei 13. Es war aber nichts darunter, was sofortiges Handeln erforderte.

In der Mailbox fand ich etliche biblische Mails, die mir Herr Kornmann weitergeleitet hatte. Ich druckte sie aus und packte sie in einen Ordner mit den Kopien der alten Zeitungen. BRAUNSCHWEIG schrieb ich auf den Rücken. Sehr voll ist er nicht mehr geworden.

Später rief ich meinen Freund Felix bei der *Süddeutschen* an. Er war Redakteur im Wirtschaftsteil und wusste vielleicht etwas über die Machenschaften bei HOCHTIEF.

»Larry, schön, dich zu hören. Bist du wieder in München.«

Als ich ihm mein Anliegen erklärt hatte, musste er lachen: »Ist ja ein Witz. Ausgerechnet heute Morgen landet eine Pressemeldung von HOCHTIEF in der Redaktion. - Warte mal. Ich muss in meinen Computer. - Hier. Ich lese mal vor: Nikolaus Graf von Matuschka ist zum neuen Vorstandsmitglied der HOCHTIEF AG und zum Vorstandsvorsitzenden von HOCHTIEF Solutions berufen worden. Zusätzlich - blablabla - .« Nuscheln. Dann hob er wieder die Stimme: »Nikolaus Graf von Matuschka ist bereits seit 1998 für HOCHTIEF in wechselnden Management-Positionen tätig, zuletzt seit Februar 2013 als Vorstandsmitglied von HOCHTIEF Solutions. Davor war Graf von Matuschka für verschiedene Segmente und Regionen des Europa-Geschäfts von HOCHTIEF direkt verantwortlich. Er übernimmt gleichzeitig im Vorstand der HOCHTIEF AG die Verantwortung für das Europageschäft. - Zitat Ende. Du siehst, da ist nicht alles in spanischer Hand.«

»Klingt ja überzeugend. Aber mein Mandant war auch sehr überzeugt.«

»Da ist wohl nichts dran. Ich kann aber morgen in der Konferenz noch einmal fragen. Unser spanischer Korrespondent ist gerade in München. Vielleicht wird in Madrid etwas gemunkelt. - Aber ich glaube nicht. Das sind alles Managementfehler von deutscher Seite damals gewesen. Ich weiß nicht, wer von uns dran war an der Sache damals, Kuhr oder Öchsner, ich krieg´s raus und frage.«

Wir versprachen uns, gegenseitige Informationen, wenn´s was Neues gab.

»Komm mal wieder raus zu uns - Hintergrundgespräche sind unsere Basis.«

Ich versprach´s.

Dann war Florian dran. Ein Freund, der als freier Programmierer arbeitet und mir schon zu Polizistenzeiten mit seinem Computerwissen geholfen hat. Er hatte sich angewöhnt, ein halbes Jahr zu jobben und die andere Hälfte zu bummeln. Er ging selten ans Telefon, rief nur zurück, wenn es ihn interessierte. Zur Oktoberfestzeit bummelte er am liebsten in München. Sein Domizil war in Haidhausen.

Er hatte einen ehemaligen Tante-Emma-Laden gemietet, der jetzt ›Onkel-Floris-Software-Laden‹ hieß. Die alte Ladenklingel schepperte wie immer, als ich eintrat.

Da saß er auf einem Klavierhocker vor seinen Geräten. Wie immer groß, schlaksig, in Jeans und mit Jesuslatschen.

Nach der herzlichen Begrüßung fragte ich nach den Möglichkeiten, einen anonymen Mailer zu identifizieren.

»Ist natürlich möglich. Aber nur unter großem Aufwand.«

»Wie groß?«

»Also der BND sollte es schaffen. - Ich könnte es dir technisch erklären. Wie man die IP-Adresse eines Rechners im Netz verhindert, damit der Internetprovider nicht speichern kann, welche Seiten der User ansteuert. Dazu braucht es Re-Mailer und Ver- und Entschlüsselungsprogramme und -«

»Erklär´s mir lieber menschlich.«

»Dachte ich mir. Mit einem Affen ging´s noch leichter.«

»Okay, okay«, gab ich mich zufrieden.

»Also: Stell dir ein Wäldchen vor, sagen wir: so groß wie ein Fußballplatz. Und jetzt soll ein Affe, also so ein Baumschwinger, von einer Seite über verschiedene Bäume zur anderen Seite des Waldes springen. Alles klar?«

Ich nickte.

»Okay. Jetzt soll der Affe auf denselben Bäumen zum Ausgangspunkt zurück. Da wird´s problematisch. Kann er nicht.«

»Logisch. Weil er mich gar nicht versteht«, witzelte ich.

Florian lachte tatsächlich. »Hauptsache, du hast es verstanden. So machen es nämlich die anonymen Mailer auch. Sie wechseln so oft den Server, dass man den Ausgangspunkt nicht mehr feststellen kann.«

»Und wie machen es BND und NSA?«

»Na ja, irgendwelche Spuren hinterlässt auch ein Affe am Baum. Sie müssen halt jeden Baum untersuchen.«

Ich nickte.

»Ums gleich zu sagen: Die Auskunft ist gebührenfrei. Und außerdem: Ich kann´s nicht.«

Das war eindeutig.

Wir zogen dennoch in die nächste Kneipe und ich zahlte.

Und vergaß erst mal Kornmann und Braunschweig.

Nach dem grausamen Spiel

Deutschland gegen Algerien saß ich noch mit Felix in seiner Redaktion. Wir waren uns einig, dass es ein Scheißspiel war und nur Manuel Neuer Deutschland weitergebracht hat.

Felix hatte mich eingeladen, alles in ihrem Nachrichtenraum zu beobachten. Ich war mit dem Fahrrad da, konnte also noch ein paar Weinchen trinken. Plötzlich - es war längst nach Mitternacht - ging mein Handy. Hedi war dran.

»Larry, entschuldige, aber ich dachte, du siehst eh noch Fußball. Es ist dringend. Kann ich reden?«

»Natürlich.« Ich war aufgestanden und hatte den Raum verlassen. »Gibt es Neues von Kornmann?«

»Er ist verschwunden.«

»Was heißt das - verschwunden. Vielleicht ist er verreist?«

»Nein, hör zu: Weder seine Putzfrau noch der Zeitungsbote haben eine Abmeldung von ihm. Sie war endlich so schlau, die Polizei zu benachrichtigen. Jetzt hat man recherchiert und festgestellt, dass er am 18. Juni zuletzt gesehen wurde. Bruene-Hubbach war auf meinem Anrufbeantworter und bat um Rückruf. Ich kam erst kurz vor dem Spiel nach Hause. Er hatte mir seine Handynummer gegeben und erwähnt, dass er auch Fußball guckt. Ich wollte dich bis zum Ende schonen. Kommt ja auf ein paar Stunden auch nicht mehr an.«

»Kein Problem bei mir. Am 18. sagst du?«

»18. Juno, ja.«

»Das ist interessant - ist zwei Wochen her. Um diese Zeit hat er mir wieder eine Mail weitergeleitet. Ich habe sie nur zur Kenntnis genommen. Warte, ich hab die sicher noch in meinem Smartphone. Ich rufe gleich zurück.«

Mit ein paar Klicks hatte ich die Mail. Am 18. Juni.

»*Hodie persequitur iniquitatem patrum in filiis ac nepotibus in tertiam et quartam progeniem. Cadaver tuum subter te sternetur tinea et operimentum tuum erunt vermes.*«, stand da. Und er hatte übersetzt: »Heute wird verfolgt die Ungerechtigkeit der Väter auf Kinder und Kindeskinder bis ins dritte und vierte Glied. Maden werden dein Bett sein und Würmer deine Decke.«

Das war wirklich, wenn man das heute liest, eine Drohung, die auf ältere Vergehen hinweist.

Ich rief wieder Hedi an. Nachdem ich noch einmal meinen Terminkalender überprüft hatte, verabredeten wir, dass ich am Donnerstag, also übermorgen nach Braunschweig komme.

Zurück bei Felix. Wir plauderten noch über das Spiel und Manuel Neuers Ausflüge, doch ich war nicht mehr bei der Sache. Schließlich erzählte ich von dem Vorfall.

Felix überlegte. »Wenn ich dich richtig verstanden habe, hast du Drohmails mit biblischen Zitaten plus versteckte Datumsangaben?«

»Richtig. Dazu kommen Drohungen auf Rache bis ins dritte und vierte Glied.«

»Also irgendwelche Vorfälle zu Großvaters Zeiten. Es gibt nur den Weg, diese Datumsangaben zu konkretisieren. Was war wann?, dann kommt das wer?, warum? und dann - vielleicht - die Lösung.«

»Ich weiß, ihr Journalisten, also die guten, ihr geht noch gründlicher vor, als wir.«

»Danke«, sagte Felix. »Aber die Geschichte hat was. Hast du denn gerade so ein Datum parat?«

»Warte, wir saßen bei der Abifeier mit dem Lateinlehrer zusammen. Es ging um die *Iden* und Tage vorher. Wir kamen auf den 18. Oktober damals. Da sollte eine *Via Sacra Brunsviga* irgendwo sein. Eine Straße, die kein schlechter Mensch betreten dürfe. Wir haben uns noch darüber lustig gemacht.«

»Komm mal mit in mein Büro. Wir haben eine riesige Datenbank. Vielleicht kommt was am 18. Oktober, was uns weiter hilft.«

Als sein PC hochgefahren war, gab Felix *Braunschweig 18. Oktober* ein. Sekunden später war sein Bildschirm voll.

»Das gibt's doch nicht. Hör mal:« Er hob die Stimme: »Der SA-Aufmarsch in Braunschweig am 17. und 18. Oktober 1931 in Anwesenheit Adolf Hitlers stellte den größten Aufmarsch paramilitärischer Verbände während der Weimarer Republik dar.«

Ich wollte ihn unterbrechen, doch er las weiter: »An der nationalsozialistischen Machtdemonstration nahmen mehrere Zehntausend SA- und SS-Männer aus ganz Deutschland teil. Parallel verlaufende Straßenkämpfe zwischen SA-Leuten und Kommunisten forderten zwei Todesopfer und 61 Verletzte.«

Ich schlug mir an die Stirn. »Ich Depp, ich damischer. Ich hatte es in der Hand. Ich habe die zeitgenössischen Berichte zu Hause. Hitlertage in Braunschweig. Die Zeitungen vom 19. Oktober 1931. Ich hab's mit Staunen gelesen und nichts gemerkt. Das ist wirklich ein dicker Hund. Da steht doch sicher auch, durch welche Straßen die Kerle zogen. Ich hab's gelesen.«

Felix überflog den Artikel, dann hob er die Stimme: »Gegen 11 Uhr marschierte die SA vom Franz'schen Feld in Richtung Innenstadt ab, wobei sie über Kaiser-Wilhelm-Straße, heute: Jasperallee, vorbei am Staatstheater, den Steinweg hinunter, über den Ritterbrunnen zum Schlossplatz marschierte, wo Hitler ab 11:45 den Vorbeimarsch abnahm.«

»Unglaublich, ich hab's gelesen, ich stand neulich auf dem Franz'schen Feld, ich sah die Jasperallee, dort wohnt der Vermisste, Hedi erklärte mir alles - und ich habe nicht zwei und zwei zusammengezählt.«

»Wenn wir jetzt mal zählen, soll also die Jasperallee eine *Via Sacra* werden. Oder?«

»Das muss man annehmen. Und dahinter stecken dann auch keine spanischen Baulöwen, sondern deutsche Neonazis. Aber stopp! Nicht so schnell, denn die lateinischen Bibelzitate passen noch gar nicht ins Bild. Es stört mich. Ich bin am Donnerstag in Braunschweig. Da gibt es zu tun.«

»Eine tolle Story. Halt mich auf dem Laufenden.«

Ich versprach´s.

»Wenn du Hilfe brauchst, kann ich dir Thomas Hahn schicken, unser neuer Mann für Norddeutschland. Der kommt vom Sport, ist also ausdauernd.«

»Danke. Vielleicht brauch ich mal jemand mit Torinstinkt.«

»Oder nur einen guten Mann in der Hintermannschaft. Der Gegner scheint ja technisch nicht schlecht zu sein.«

Ich musste mein Fahrrad die ersten paar hundert Meter schieben, um meine Gedanken zu ordnen.

Die Jasperallee als Wallfahrtsort von Neonazis.

Dabei war das Fußballspiel fast vergessen.

Zur Fahrt nach Braunschweig

nahm ich die BMW. Ich war so stolz, sie mit meiner Prothese wieder im Griff zu haben.

Alles verlief reibungslos. Erstaunt war ich nur, dass das Navi mich bei Bernburg auf die Bundesstraße 6 lotste. Das hatte ich noch nicht drauf, war aber eine wunderschöne Fahrt, wie auf einer Autobahn am Harz entlang. Ich konnte öfter voll aufdrehen. In guten vier Stunden war ich dort.

Hedi wollte gleich mal eine Runde mit mir drehen, wir mussten ihr aber erst einen Helm besorgen. Ich versprach es für morgen.

»Dann gehen wir gleich ins *Sukiyaki*, wenn es dir recht ist. Es gehen übrigens Gerüchte, dass die bald zumachen.«

»Dann lern ich vielleicht mal was anderes kennen«, gab ich zurück.

»Morgen«, tröstete sie. »Morgen das Spiel gegen Frankreich schauen wir in einem bayrischen Biergarten. Mit Löwenbräu.«

»Ich wollte doch mal was anderes.«

»Du kannst da auch *Jever* trinken.«

Da in der Holbeinstraße kein Parkplatz zu finden war, zeigte sie mir den Parkplatz vor der Schule, also dem ehemaligen Sitz des Luftflottenkommandos.

»Und wenn da während des Unterrichts alles besetzt ist: ein paar Meter weiter kommt noch das Arbeitsgericht, da gibt es fast immer Platz.«

Sie sollte recht behalten.

Und der Platz sollte noch wichtig werden in unserer Geschichte.

Im *Sukiyaki* konnten wir draußen sitzen.

»Hier auf dieser Kreuzung wird übrigens Sylvester Walzer getanzt«, erklärte Hedi. Bis zu tausend Menschen drehen sich dann hier im Kreis.«

Ich war beeindruckt.

Während des Essens synchronisierten wir unseren Wissensstand in Sachen Kornmann.

Hedi berichtete noch einmal von dem Gespräch mit dem Superior. Die Polizei hat die Wohnungstür mit Hilfe der Putzfrau geöffnet. Auch lustig, dass die alle Sicherheitsschlüssel besaß. Die waren aber nicht nötig. Kein Zusatzriegel war aktiviert. Man war gegangen und hat die Wohnungstür hinter sich zugeschlagen. Die Spurensicherung hat nichts gefunden, was weiterhilft.«

»Was sagt denn der Superior zu der Sache?«

»Hat auch keine Ahnung. Angeblich hat er Kornmann -«, Hedi äffte ihn nach: »Warten sie, damit ich nichts Falsches sage. Ich schaue in meinen Terminkalender. - Hier haben wir's: Am 15. Juni. - Das war's. Mehr war nicht zu erfahren.«

Ich erzählte jetzt von der Entdeckung, die Felix und ich mit dem SA-Aufmarsch und dem Drohdatum 18. Oktober gemacht haben.

Auch sie wollte sofort die Nazi-Karte ziehen, stieß sich dann aber ebenfalls an den Bibelzitaten. »Das passt wirklich nicht zusammen. Da hast du recht.«

Auf dem Weg nach Hause planten wir, dass ich mich morgen noch einmal bei Bruene-Hubbach melde. Abends dann *Public Viewing* Deutschland gegen Frankreich.

»Und morgens vor dem Frühstück«, ergänzte Hedi steht Jogging auf dem Programm. Ich hoffe, du hast diesmal deine Klamotten mit.«

Ich hatte.

Die Hitzeschlacht gegen Frankreich

im Maracana-Stadion von Rio genossen wir in einem Biergarten im Prinz-Albrecht-Park. Es war wirklich nervzehrend, aber Hummels Kopf und Neuers Hand haben Deutschland ins Viertelfinale gebracht.

Jetzt wollten wir auch wissen, wer unser Gegner sein wird. Die Entscheidung sollte ab 22 Uhr zwischen Brasilien und Kolumbien fallen. Nette Leute am Tisch haben uns schnell überredet zu bleiben. Doch während wir immer fröhlicher wurden, zogen am Himmel dunkle Wolken auf. Hedi drängte dann doch zum Aufbruch. Wir wollten noch trockenen Fußes nach Hause kommen. Es waren geschätzte zwei Kilometer, also in einer halben Stunde gut zu schaffen. Die Bäume des Parks machten die Dämmerung noch dunkler. Niemand war unterwegs. Vermutlich alle noch vorm Fernseher.

Als wir uns der Jasperallee näherten, hörten wir Motorengeräusch. Schließlich sahen wir einen Radlader, der zu so später Stunde noch Erde in die Baugrube schob. Da hier keine Wohnhäuser mehr standen, gab es wohl auch keine Beschwerden über diese Ruhestörung zu so später Stunde. Es ging auf 22 Uhr.

Wir blieben einen Moment stehen und blickten die Straße hinunter. Die Laternen flammten jetzt auf. Wie für uns inszeniert, begann es mit einem Flackern zwischen den Bäumen, um sich dann zu beruhigen und ein helles Band vor uns auszubreiten.

Die ersten Blitze zuckten. Das Donnern war aber noch weit. Hedi begann zu laufen.

Wir hatten es geschafft und konnten das Spiel genießen, während draußen ein heftiges Gewitter mit Wolkenbruch niederging.

»Hoffentlich hat der seine Grube noch rechtzeitig voll bekommen«, meinte Hedi unvermittelt.

»Im Gegenteil. Den Rest spült ihm das Wasser nach«, spann ich den Faden weiter. »Er muss nur aufpassen, dass seine schwere Maschine nicht abrutscht.«

Ein Elfmeter für Kolumbien in der 80. Minute machte das Spiel noch einmal spannend. Doch Brasilien gewann und wird unser Gegner am nächsten Dienstag sein. Ein heißes Ding.

Morgen früh war Jogging geplant und anschließend eine Harzfahrt mit der BMW.

Am frühen Morgen

war die Welt noch in Ordnung. Nach Jogging und Frühstück sollte ich einen Helm für Hedi besorgen, während sie die Wohnung ›auf Vordermann brachte‹, wie sie sich ausdrückte. Dann wollten wir durch den Harz kurven.

Unsere Jogging-Strecke verlief östlich vom Nussberg, entlang einer Bahnstrecke, bis wir nach Westen abbiegen konnten und auf den Weg von gestern Abend kamen. Im Biergarten beseitigten sie die letzten Spuren. Wahrscheinlich mussten standhafte Gäste gestern fluchtartig in den Gastraum zurück.

An der Jasperallee bog ich ab. Ich wollte sehen, was der Regen in der Baugrube angerichtet hat. Hedi folgte unaufgefordert. Der Radlader stand ordnungsgemäß neben dem Bauwagen. Etwas weiter stand ein Handwagen mit Besen und Schaufeln der Stadtreinigung.

Im frisch aufgeschütteten Erdreich hatte das Wasser tiefe Rinnen gegraben. Von dort, wo die offene Grube begann, hörte man Stimmen. Als wir weiter gingen, sahen wir zwei Arbeiter in Signaljacken der Stadtreinigung auf dem nassen Grund. Dann sahen wir ein großes Abwasserrohr aus Beton. Daneben Kabel und andere Rohrleitungen. Und über dem Beton ragten zwei nackte Beine aus der Erde hervor.

Nachdem Polizeiobermeister Lind uns entlassen hatte, brach Hedi in Tränen aus. »Larry, es ist so schrecklich. Wer macht so etwas?«

»Da ist jetzt die Psychologin gefragt«, munterte ich sie auf. »Die Kerle kriegen wir. Ich habe das Mandat. Vorher gebe ich nicht auf.«

Sie drückte meine Hand ganz fest und sagte dann: »Und unsere Motorradtour machen wir auch. Jetzt erst Recht. Ich brauche diesen Abstand.«

Es wurde eine wunderschöne, kurvenreiche Tour. An Hedis Juchzern merkte ich, dass sie den Toten vorläufig verdrängt hat.

Sie hatte keine feste Strecke im Sinn, sondern immer neue Einfälle. Von Bad Harzburg auf den Brocken. Dann wieder Braunlage, Odertalsperre, Details weiß ich kaum noch. Viele Byker waren unterwegs. Ich musste meine Prothese oft zum Gruß leicht anheben. Es funktionierte prima.

Nach dem Frühstück rief ich SBH an.

Zunächst sprang sein Anrufbeantworter an. Er hob aber sofort ab, als ich mich vorgestellt hatte.

»Sie rufen wegen Kornmann an. Schrecklich, ja. Ich habe es gestern Abend erfahren.«

»Aber irgendeinen Verdacht oder einen Hinweis haben Sie auch nicht.«

»Keinesfalls. Jetzt haben aber die Mails eine ganz eindeutige Wertung bekommen. Jede einzelne war ernst gemeint. Kein Joke, kein Mobbing. Blanke Drohung. *Cadaver tuum subter te sternetur tinea et operimentum tuum erunt vermes.* Erst das Wort, dann die Tat. Schrecklich.«

Er klang wirklich erschüttert.

»Faust sah das anders.«

»Wie bitte?«

»Goethes Faust. Er stellte das Evangelium infrage und meinte: *Im Anfang war die Tat!*«

»Entschuldigung, dass mir das entgangen war!« Es klang ironisch. »Trifft man ja auch nicht jeden Tag: Einen Schnüffler, der Goethe zitiert.«

»Im früheren Leben habe ich mal vergleichende Literaturgeschichte studiert. Heute interessiert mich noch einmal Ihr Unternehmen als Brunnenbauer. Führen Sie selbst, also Ihre Leute, all diese Arbeiten aus? Sind Sie also eigentlich ein Bauunternehmen?«

»Wo denken Sie hin? Ah, ich ahne. Sie wollen wissen, ob wir die Erde bewegen können? Mit Maschinen, nichtwahr?«

»Können Sie?«

»Kein Gedanke. Wir bewegen die Menschen. Unsere Leute spüren zunächst Orte auf, wo ein Brunnen unbedingt nötig ist. Dann geben wir Anstoß und Geld. Wir sorgen für Aufschlussbohrungen, wenn nötig Erdwärmesonden, dann für die Baustelleneinrichtungen, für die eigentlichen Bohrarbeiten, für Abdichtungen, für den Einbau von Pumpen - wollen Sie mehr?«

»Respekt!«, sagte ich nur.

»Sämtliche Leistungen werden ordnungsgemäß vor Ort ausgeschrieben und mit örtlichen Unternehmen durchgeführt. Dabei haben wir ein wachsames Auge auf die ortsübliche Korruption.«

»Sie schlafen also abends ein, mit dem Gedanken, irgendwo wieder eine gute Tat vollbracht zu haben?«

»Sie sagen das so, als sei das etwas degoutant?«

»Entschuldigung. War nicht so gemeint.«

»Bitte. Ich beende jetzt das Gespräch als - zumindest - unerheblich.«

»Ich wünsche Ihnen noch viel Erfolg.« Er hatte schon aufgelegt.

Ich weiß ja auch nicht, warum mir dieser Gutmensch nicht gefiel.

Um neun Uhr auf dem Kommissariat

empfing uns KK Wallenberg. Ein jungenhaft wirkender, ernster Beamter mit blondem Bärtchen in Jeans und T-Shirt. Nachdem wir uns vorgestellt hatten, fragte er, mit Blick auf meine Prothese, ob ich Tommy Bandmann kenne?

Tommy Bandmann, meinen besten Freund bei der Münchner Kripo. »Natürlich kenne ich den.«

»Ich habe mich ein bisschen schlaugemacht«, meinte Wallenberg und blinzelte mir zu. »Willkommen im Club.«

Offenbar war ich bei der Kripo Braunschweig akzeptiert. Auch Hedi musste sich ja mit ihrer Vita nicht verstecken.

Nach diesem Vorspiel fachsimpelten wir dann ausführlich über das morgige Spiel gegen Brasilien, (wir rechneten übrigens alle mit Elfmeterschießen), bevor wir zum Thema kamen.

Wallenberg: »Also. Unsere bisherigen Ermittlungen bestätigen Ihre Annahme. Der Tote ist tatsächlich Christoph Kornmann. Nun fragen wir uns natürlich, woher Sie das so genau wussten.«

Nachdem wir die Geschichte mit vielen Zwischenfragen bis hierhin rekapituliert hatten, begannen die Spekulationen und Vermutungen.

»Haben Sie schon irgendeinen Verdacht?«, fragte der Polizist.

»Konnten Sie etwas mit den Wimpeln anfangen?«, fragte ich zurück.

»Ja und nein.«

Das kam überraschend.

»Wir mussten aber auch recherchieren. Zu den Schwertern haben wir bisher nichts. Das Zeichen auf dem schwarzen

Dreieck war das Symbol des Werwolfs. Sagt Ihnen das etwas?«

Kopfschütteln. Hedi glaubte dann, so etwas wie einen Vampir darunter zu verstehen.

Ich erwiderte jedoch: »Christian Morgenstern.«

Um auf die fragenden Blicke fröhlich zu zitieren: »Ein *Werwolf* eines Nachts entwich von Weib und Kind, und sich begab an eines Dorfschullehrers Grab und bat ihn: Bitte, beuge mich! - Kennt niemand?«

Hedi erklärte: »Sie müssen wissen, dass er mal Literaturstudent war.«

»Einen Vers bekommt ihr noch: Der *Werwolf*, - sprach der gute Mann, des *Weswolfs* - Genitiv sodann, dem *Wemwolf* - Dativ, wie man´s nennt, den *Wenwolf* - damit hat´s ein End. Das Gedicht ist aber noch lange nicht - .« Auf Hedis strengen Blick verstummte ich. Morgenstern sei´s geklagt.

Wallenberg begann wieder ernsthaft: »Wir haben herausgefunden: Werwolf nannten sich kleine Spezialkommandos der Nazis, die gegen Ende des Krieges hinter den feindlichen Linien Sabotage verüben sollten. Ihr Chef war ein SS-Obergruppenführer Hans-Adolf Prützmann. Sagt ihnen der Name etwas?«

Wir verneinten beide.

»Ein ganz übler Kerl. Aber ich habe mir das Wissen auch erst jetzt angelesen. Himmler ernannte ihn im September 1944 zum *Generalinspekteur für Spezialabwehr*. Goebbels hat noch in einem Rundfunkappell am Ostersonntag 1945 den Werwolf als spontane Untergrundbewegung gepriesen. Er endete mit den Worten: Hass ist unser Gebet und Rache ist unser Feldgeschrei. - Und das vier Wochen vor dem Ende.«

»Alles unglaublich.«

Wallenberg: »Jetzt kommt aber der Knüller: Der Radlagerfahrer, der Ihnen am Samstag Abend auffiel, ist flüchtig - und heißt Berthold Pruetzmann. Mit *u-e*, aber das kommt von Südamerika.«

Das saß.

»Müssen wir jetzt also von rechtsextremistischen Taten ausgehen?«

»Vorsicht! Nicht so schnell. Wir wollen nicht den umgekehrten Fehler machen wie beim NSU, wo wir die Rechte ausblendeten. Aber das ist Stand heute. Ein Mord. Ein Flüchtiger mit einem belastenden Familiennamen. Ein Symbol, das auf rechte Gesinnung weist. Kann aber auch alles ganz anders sein.«

»Andererseits«, warf Hedi ein, »schließen die Bibelzitate jeden islamistischen Hintergrund aus. Denke ich jedenfalls.«

Wir gaben ihr Recht.

»Obwohl -«, Wallenberg zögerte. »Obwohl gerade hier in Braunschweig und Wolfsburg eine starke salafistische Gruppierung registriert wird. Aber lateinische Bibelsprüche haben die bestimmt nicht im Programm. Das LKA in Hannover schickt übrigens eine Kollegin. Sie müsste längst hier sein.«

»Ah, Frau Lindholm persönlich?«, warf ich unpassenderweise ein.

Doch Wallberg lachte: »So was cooles wie Frau Furtwängler haben wir natürlich nicht an Bord. Das heißt -.« Er schien an eine bestimmte Person zu denken.

»Ja?« Wir blickten gespannt.

»Ach was. Bitte etwas mehr Ernst. Also das LKA jedenfalls nimmt die Sache sehr ernst. Es gibt in Hannover eine ›Zentralstelle *zur Bekämpfung des politisch oder religiös motivierten Terrorismus*‹. Die hat vor gut einem Jahr im Auftrag der Bundesanwaltschaft Wohnungen, Geschäftsräume und Gefängniszellen durchsucht. Schwerpunkt der Aktion war die Umgebung von Hamburg und die Region Hannover. Braunschweig war nicht im Fokus. Sie galt den mutmaßlichen Gründern eines Vereins namens ›Werwolf-Kommandos‹. Es bestand der

Verdacht, dass die Männer terroristische Gewalttaten verüben wollten. Konkrete Anschlagspläne gab es nach Wissen der Behörde aber nicht. Niemand wurde festgenommen. Bei den Razzien wurden aber schriftliche Unterlagen und Computer sichergestellt, die immer noch ausgewertet werden.«

»Taucht da ein Prützmann auf? Mit ü oder u-e?«

»Stand heute: Nein. Die Sache ist aber schwierig und zeitaufwändig, weil die Verdächtigen ein elektronisches Verschlüsselungsprogramm entwickelt haben.«

»Also richtige Profis«, meinte Hedi sehr nachdenklich. »Weiß man schon, wie Kornmann umgebracht wurde?«

»Auch sehr ungewöhnlich. Stranguliert. Mit einer Drahtschlinge.«

Wallenbergs Telefon läutete. Er meldete sich und lauschte stumm. Nach einem *Danke!* legte er auf und sagte: »Weg ist er.«

»Pruetzmann?«

»Ein Berthold Pruetzmann ist gestern früh in Hannover mit einem argentinischen Pass nach London gestartet. Man nimmt an, dass er von dort nach Buenos Aires weiter will. Die deutsche Botschaft ist informiert.«

»Ich mach mal den *Advocatus Diaboli*: Vielleicht will er ja nur zur WM nach Brasilien, die Argentinier sind ja immer noch dabei.«

»Jedenfalls steht er uns für wichtige Fragen nicht zur Verfügung. Wo sollen wir jetzt anfangen?« Dann fragte er mich direkt: »Sie bleiben aber noch in der Stadt?«

»Ich bleibe und wir stehen für Fragen weiter zur Verfügung. Ich muss sogar bleiben, denn ich habe den Auftrag von Herrn Kornmann, seinen Tod aufzuklären.«

Auf seinen fragenden Blick, erzählte ich die Geschichte mit dem Bankkonto, über das ich verfügen könnte.

In diesem Moment kam die Kollegin vom LKA herein.

Sie legte sofort los:

»Entschuldigung. Stau, Stau, Stau - die Strecke Hannover - Braunschweig ist die Hölle.«

»Vielleicht sollten Sie einen Hubschrauber beantragen«, bemerkte Wallenberg trocken. Darf ich erst mal vorstellen: Das ist Hauptkommissarin Cornelia Böse-Lange, wobei alle Witze zu diesem Namen schon gemacht sind.«

Nur Frau Böse-Lange lachte.

»Sie kommt vom Dezernat 42 beim LKA, die Zentralstelle für politisch motivierte Kriminalität. Und hier ist Frau Hedi Tamm, eine Psychologin, die gern mit der Polizei zusammenarbeitet und Ex-Kollege Lars Urbach aus München, der jetzt privat ermittelt.«

Da Frau Böse-Lange einen Ehering trug, musste ich doch fragen, welcher Name zuerst da war. Böse oder Lange?

Diesmal blieb sie ernst: »Ich bin mit dem Namen Böse groß geworden. Das war manchmal sehr böse, hat mich aber stolz und unabhängig gemacht. Ich habe ihn bewusst auch in der Ehe behalten. Ob man nun die Böse oder die Lange ist, bleibt ja auch egal.«

»Ich war tatsächlich eine Lange, immer schon«, das kam von Hedi. »Sie haben mich in der Schule ›Pappel‹ genannt. Schrecklich. Ich schlage vor, dass wir uns mit Vornamen anreden - ich bin Hedi.«

»Larry«, schloss ich mich an.

Conny und Udo wollten die anderen genannt werden.

Conny war eine Karrierefrau. Das sah man. Nichts Lässiges, nichts Kumpelhaftes, gepflegtes schmales Gesicht mit selbstbewusstem Ausdruck und perfekt im Outfit. Hellbeiger Anzug mit strammen Bügelfalten, die wie Meridiane auch über einen wohl geformten Po liefen. Kurzjackett und darunter eine helle Bluse, deren oberste Knöpfe, als Zugeständnis an den Sommer, offen standen. Sie war etwa in meinem Alter, dunkles Haar mit einer kessen Strähne, die über den rechten Brillenbügel fiel. Also ich bin kein Gegner einer Frauenquote.

Nachdem wir uns wieder gesetzt hatten, legte sie ein Tablet vor sich und fragte nach dem aktuellen Stand der Dinge.

»Wir haben jetzt Bibelfeste im Angebot und einen Dichter namens Morgenstern«, erklärte Wallenberg.

Ich versuchte, nicht rot zu werden.

Wallenberg verzog aber keine Miene und brachte in Kurzfassung die Kollegin auf den neusten Stand. Fragte dann, was das LKA zu bieten hat.

Frau Böse-Lange, also Conny, nickte: »Auch nicht viel. Lassen sie mich zusammenfassen: Unsere Zentralstelle bündelt, koordiniert und optimiert die Extremismusprävention innerhalb der niedersächsischen Polizei. Heißt: Wir kümmern uns. Denn Niedersachsen rückt mehr und mehr in den bundesweiten Fokus mit dem jährlich stärker besuchten Neonazi-Aufmarsch in Bad Nenndorf. Er gilt dem Gedenken eines Internierungslagers, das die Engländer nach Kriegsende eingerichtet hatten. Die Veranstaltung könnte langfristig der Gedenkveranstaltung für den Hitler-Stellvertreter Rudolf Heß in Bayern den Rang ablaufen. Hamburg, Hannover und auch Braunschweig machen uns Sorgen. Im letzten Jahr wurde die rechtsextreme Gruppierung ›Besseres Hannover‹ verboten. Dazu kamen Verbote vom sogenannten ›Abschiebär‹, eine von den Neonazis geschaffene Figur zur Verunglimpfung von Migranten. Verboten wurden auch Zeitschriften wie ›Bock‹ und ›Anschlag‹. Ein Verstoß gegen das Verbot stellt eine Straftat dar. Das Verbot gilt auch für eventuelle Nachfolgeorganisationen. Aber Verbote sind das eine. Was nützt uns das alles? Unkraut kann man auch nicht verbieten. Es muss ständig bekämpft werden.«

Ich erinnerte mich an den FAZ-Artikel: »In Hessen soll es mehr als 20 unvollstreckte Haftbefehle gegen Neonazis geben. Die Gesuchten waren angeblich nicht dingfest zu machen, weil ihr Aufenthaltsort unbekannt sei.«

Conny nickte: »So schlimm ist es in Niedersachsen nicht. Aber was treiben die Ehemaligen? Wir wissen inzwischen von einem Netzwerk, das in die Schweiz und in die Niederlande reicht. Bisher beschränken sich die Aktivitäten der uns bekannten Mitglieder auf die Teilnahme an rechten Aufmärschen. Dazu eine Handvoll rassistischer Übergriffe, die meist im Zusammenhang mit Alkoholkonsum abliefen. Geschenkt. Was aber jetzt hier in Braunschweig passiert, ist eine neue Dimension. Und wenn sie sagen, die Bibel kommt auch noch dazu - ich weiß ja nicht.« Sie zuckte die Schultern und schaute mich an.

»Man weiß ja nix. Des is ja des!«, pflegt meine Münchner Vermieterin immer zu sagen.«

»Auch nicht schlecht. Sind wir uns also einig in der Annahme, dass wir im rechten Spektrum suchen müssen? Oder schließen wir zu früh andere Möglichkeiten aus? Vielleicht ist es ja eine bewusste Irreführung?«, fragte die Kommissarin.

»Dass Muslime uns auf Nazis und Katholiken hetzen?« Wallenberg war ehrlich verdattert, ob dieser Annahme.

»Wenn die Bibelzitate und der Wimpel den gleichen Urheber haben, liegen wir wohl richtig«, glaubte ich. »Dazu kommt diese Datumsgeschichte. Der 18. Oktober in der Mail nimmt doch offensichtlich Bezug auf den Nazi-Aufmarsch 1931.«

Wallenberg: »Würden Sie die Mails noch einmal auf versteckte Hinweise und Daten untersuchen?«

Ich nickte. »Es gibt da noch ein Datum: Am 18. Juni wurde Kornmann zuletzt gesehen. Also wahrscheinlich an diesem Tag entführt. Und am 18. Juni schickte er mir die letzte Mail - Moment. Hier hab ich sie: Auf Latein steht da ›*Hodie persequitur iniquitatem patrum in filiis ac nepotibus in tertiam et quartam progeniem.*‹ Kann sicher niemand hier am Tisch auf Anhieb übersetzen, obwohl wir es alle schon gehört haben?«

Ich schaute in die Runde.

Alle grinsten, nur Hedi sagte: »Irgendwas mit *Heute*.«

»Richtig. Der Text heißt ungefähr: ›Heute wird verfolgt die Ungerechtigkeit der Väter auf Kinder und Kindeskinder bis ins dritte und vierte Glied.‹ Bezieht sich das jetzt auf den 18. Juni? Das ist hier die Frage, würde Hamlet sagen.«

Hedi erklärte wieder einmal: »Sie müssen wissen, dass er mal Literaturstudent war.«

»Ich hab mal recherchiert, ob am 18. Juni irgendwann was Relevantes passiert ist, was Rache nach sich ziehen würde. Ich stelle anheim: 1815 - In der Schlacht bei Waterloo wird Napoleon Bonaparte vernichtend geschlagen. Weiter: 1940 - Der französische General Charles de Gaulle ruft von London aus zum französischen Widerstand gegen die Deutschen Invasoren auf und bildet eine Exilregierung.« Niemand sagte etwas.

Hedi fing plötzlich an zu kichern: »Meine Oma hatte am 18. Juni Geburtstag. Ich habe den Tag immer verschwitzt.«

Conny blickte erstaunt, Udo wollte aufbrausen.

»Hier sind wir wohl näher am Täterkreis«, rettete ich die Situation: »1982 - Unter der Londoner *Blackfriars Bridge* wird der italienische Bankier Roberto Calvi erhängt aufgefunden. Als Präsident der *Banco Ambrosiano* hatte Calvi einige Tage zuvor, nach der Konkursanmeldung der Bank, Italien fluchtartig verlassen. Das Bankhaus, an dem die Vatikanbank Anteile hält, wird illegaler Manipulationen verdächtigt. Die Hintergründe von Calvis Tod bleiben im Dunkeln. - Vielleicht bringen wir ja jetzt Licht in die Affäre.«

Schweigen.

»Noch mehr? - Bitte sehr: 1982 - Nach der Niederlage im Falklandkrieg muss der argentinische Präsident Leopoldo Galtieri seinen Posten räumen. General Alfredo Saint Jean übernimmt das Amt. - Auch nix? Einen hab ich noch: 1989 - Bei der Europawahl in Deutschland glänzen die rechtsgerichteten Republikaner als Wahlsieger. Mit 7,1 Prozent der Stimmen ziehen sie mit sechs Abgeordneten in das Europaparlament ein.«

»Also direkt überzeugend war das alles nicht«, sagte Conny. Hedi nickte nur zustimmend.

Udo blieb völlig unbeeindruckt: »Wenn der Mord wirklich irgendeine Symbolik haben soll - siehe auch Wimpel - haben wir ein weiteres Problem.«

Wir schauten.

»Es gibt noch eine andere vermisste Person mit ähnlichem Background. Sie soll auch mit Mails an Gottes Rache erinnert worden sein. Ein Mann aus Goslar. Sein Großvater soll hier nach dem Krieg am Landgericht gewesen sein. Wir müssten also die Jasperallee noch einmal aufreißen.«

»Oh Gott«, entfuhr es Hedi. Uns Auswärtigen war das egal.

»Wenn er da den Rechten ein Dorn im Auge war, muss er aber zu den großen Ausnahmen gehören,« wand Conny ein. »Dieselben Richter und Staatsanwälte, die das inhumane, brutale Vorgehen der NSDAP gegenüber Braunschweiger Juden und anderen Regimegegnern toleriert haben, bezeichneten das doch nach 1945 als ›Innere Emigration‹ und zogen sich auf die Neutralität ihres Berufsstandes zurück. Der Braunschweiger Oberstaatsanwalt Dr. Wilhelm Hirte beispielsweise gab auf einer Geheimkonferenz des Reichsjustizministeriums in Berlin 1941 seine Zustimmung zur heimlichen Tötung von ungefähr 70.000 Geisteskranken. Nach 1945 wurde Wilhelm Hirte als Amtsgerichtsrat in den neuen Justizapparat übernommen.«

Hedi erwiderte: »Es gab hier aber auch einen Fritz Bauer!«

»Das ist richtig. Eine Lichtgestalt«, stimmte Conny zu. »Er setzte den berühmten Remer-Prozess durch. Remer hatte die Attentäter des 20. Juli als Volksverräter bezeichnet. Bei der Braunschweiger Staatsanwaltschaft wollte der zuständige Oberstaatsanwalt namens Topf, einst Mitglied der NSDAP und SA-Rottenführer, die Klage zunächst nicht annehmen. Der leitende Staatsanwalt, eben der Fritz Bauer intervenierte, versuchte Topf zu überzeugen, erteilte ihm schließlich Weisung - und sorgte für Topfs Versetzung nach Lüneburg. Fritz Bauer selbst vertrat die Anklage gegen Remer wegen übler Nachrede in Tateinheit mit Verunglimpfung des Andenkens Verstorbener. Mit dem Urteil wurden die Männer um Stauffenberg rehabilitiert. Bauer ging dann nach Frankfurt und brachte dort den Auschwitz-Prozess ins Rollen. Also die Braunschweiger können schon stolz auf ihn sein.«

»Es gibt ja jetzt einen Platz, der nach ihm benannt ist.«

»Und ein Film über ihn wird auch gerade gedreht.«

»Aber mit Kornmann hat das alles nichts zu tun?«, wollte ich doch wissen. »Oder waren die Großväter vielleicht Assisstenten von Bauer?«

»Wäre möglich. Wir sollten auch da die Daten abgleichen. Urteilstag. Geburtstag et cetera. Vielleicht bringt es was. Ihr habt doch hier in Braunschweig eine *Arbeitsstelle Rechtsextremismus und Gewalt.* Vielleicht wissen die was?«

Udo blickte in seine Notizen: »Ich war schon dort. Sie glauben, dass der Verfassungsschutzbericht bewusst abwiegelt, wenn er auf die anderenorts noch schlimmere Lage verweist. In Schaumburg und in Hannover gäbe es starke Strukturen mit bundesweiter Vernetzung. Das Aufkommen der Autonomen Nationalisten, die sich auf die Auseinandersetzung mit dem politischen Gegner konzentrieren, habe zu einem erhöhten Maß an Gewalttätigkeit geführt.«

»Dennoch«, fuhr Conny fort. »An bibelfeste Rechte mag ich noch nicht glauben«, gab die Kommissarin zu bedenken. »Ich habe das heute hier zum ersten Mal gehört. Ist mir aber noch sehr suspekt. Vielleicht sind wir wirklich auf dem Holzweg.«

»Eine Sekte?«, fragte Hedi.

»Oder doch die Spanier, wie Kornmann glaubte?« Das kam von mir.

Hedi: »Könnte nicht auch die Schwulen-Szene infrage kommen?«

Wallenberg notierte. »Da haben wir Spezialisten im Revier. Die kümmern sich.«

»Gibt es eigentlich dieses lustige Pissoir am Theater noch? Das war doch früher ein Treff?«, wollte Conny wissen.

Ich zeigte stolz das Foto auf meinem Smartphone.

»Hier, Anfang Mai geschossen!«

Udo meinte, die Bedeutung als Treff hätte nachgelassen.

»Es steht aber noch auf deren Seiten. Wieder zur Sache«, bat er dann.

Conny wollte auch die Salafisten ausschließen. »Es gibt zwar gerade hier in Braunschweig und Wolfsburg eine starke Gruppierung, die wir beobachten. Aber die werfen doch nicht mit Bibelzitaten um sich.«

»Na ja, Allah ist auch niemals weit«, warf ich ein.

Nach einer kurzen Denkpause ergriff Udo die Initiative: »Kommen wir zum Verteilen nächsten Aufgaben. Das LKA geht in die Tiefe. Werwolf, Sekte, et cetera. Wir in Braunschweig versuchen, alle Spuren, die wir finden zu sichern und zu bewerten. Und sie, Larry -«, wandte er sich an mich, »wie lange sind sie denn noch hier?«

»Zunächst unbeschränkt.«

»Sie folgen einfach mal Ihrer Intention. Schauen Sie sich das alles von außen an und machen Sie, was Sie für richtig halten - aber sagen Sie´s mir. Frau Tamm brauchen wir wohl zunächst nicht mehr. Die Kollegin bleibt noch einen Moment. Sie aber können jetzt gehen. Vielen Dank bis hierher.«

»Einen Moment noch!« Das war Conny.

»Aus polizeitaktischen Gründen bitte ich darum: noch keinerlei Hinweise nach draußen. Sowohl falscher Alarm als auch vorzeitige Warnung wären hier fatal. Also: In Zeiten des Fußballs, den Ball flach halten. So werden wir auch diesen Kreis zunächst nicht erweitern. Sie, Udo, koordinieren Ihre Leute hier, ich in Hannover. Und wir drei treffen uns regelmäßig zur Bestandsaufnahme. Den bayrischen Kollegen heiße ich willkommen. Schließlich gehörte er ja mal zur Truppe. Und damit niemand bummelt, sollten wir uns am Mittwoch, also übermorgen um 9 Uhr hier wieder treffen. Einverstanden?«

Wir versprachen es.

»Und morgen ein tolles Spiel«, gab ich noch zurück. Dann waren Hedi und ich entlassen.

Es war Halbelf geworden.

Hedi musste um elf in ihrer Praxis sein. Ich wollte mich sofort um diesen Berthold Pruetzmann kümmern. Ehe noch mehr Spuren verwischt werden.

Sie setzte mich an ihrer Wohnung ab. Nach mehreren Telefonaten hatte ich endlich ein Bauunternehmen in Peine. Mein Navi versprach eine Fahrzeit von 28 Minuten. Das war was für die BMW. Nichtmal Autobahn musste ich fahren. Ich verzichtete auf die Ledermontur und legte nur den Nierenschutz um.

Der Sitz der Firma *Collbitz Rohrleitungsbau* lag in einem typischen Gewerbegebiet. Der Zweckbau machte keinerlei Eindruck. War ja auch für Rohrleitungsbauer unerheblich. Eine Dönerbude gegenüber bereitete sich auf den Mittagsansturm vor. Ein junger Türke wischte noch einmal über die Plastiktische. Es roch nach Gebratenem und regte meine Magennerven an. Ich beherrschte mich.

Die Dame am Empfang fragte nicht lange, sondern wies einfach, während ihre Augen längst wieder über den Monitor wanderten, mit dem Kopf zu einem Glaskasten.

Ein älterer Herr in aufgekrempelten Hemdsärmeln, hinter einem Schreibtisch aus Stahl winkte mich herein.

»Hallo, bei uns geht´s locker zu. Collbitz mein Name.« Er reichte mir die Hand. »Was kann ich für Sie tun?«

Als ich nach Berthold Pruetzmann fragte, winkte er ab.

»Hab davon gehört. Man hat mich ja am Samstag gleich angerufen. Sub, Sub - das ist ein Subunternehmen, das ihn vermittelt hat. Die Firma Dobrinjski. In Hildesheim. Halbe Stunde von hier. Junges Unternehmen.«

Er wühlte kurz in einer Schublade und reichte mir dann eine Karte.

»Können Sie mir das näher erklären?«

»Hallo, sind Sie jetzt Polizei oder Gewerbeaufsicht?«

»Weder noch. Ich habe nur einen privaten Auftrag von dem Toten, den ich posthum erfüllen möchte.«

»Ist ja ne schlimme Sache das. Man munkelt, die ganze Straße soll noch einmal aufgerissen werden?«

»Möglich. Ja.«

»Na, uns soll's es recht sein. Auftrag ist Auftrag.«

»Da sind wir beim Thema: Sie hatten den Auftrag von der Stadt Braunschweig, die Rohre in der Jasperallee zu erneuern?«, nahm ich den Faden wieder auf.

»Nein.«

»Nein?«

Er lächelte müde. »Junger Mann, wenn bauen so einfach wäre. Das ist in Wirklichkeit ein Geflecht, das ein Außenstehender kaum durchdringen kann. Den Auftrag für das Gesamtprojekt hat die Stadt Braunschweig Hochtief erteilt.«

Ich war baff. Sollte Kornmann doch richtig gelegen haben mit seinem Verdacht?

»Hochtief?«, fragte ich nach. »Die sitzen doch in Essen?«

»Richtig. Sie haben aber die Ausschreibung gewonnen. Ich nehme an, mit dem günstigsten Angebot. Weil aber Essen so weit weg ist, haben sie den Auftrag portioniert. Also die Jasperallee in verschiedene Abschnitte eingeteilt. Man nennt das Baulos.«

»Hab ich schon gehört.«

»Diese Abschnitte werden dann wieder ausgeschrieben. Wir haben uns zwei gesichert. Die Kreuzung *Wilhelm-Bode-Straße* und von da bis zur Einmündung in die *Herzogin-Elisabeth-Straße*. Also dort, wo der Unfall geschah.«

»Unfall? Es war Mord.«

»Natürlich, klar, die Umstände. Ganz klar ein Mord. Und den soll dieser Pruetzmann verübt haben?«

»Er ist flüchtig. Deshalb verdächtig. Wieso aber war der wieder bei einer anderen Firma?«

»Sub! Auch wir haben unsere Abschnitte eingeteilt und an Subunternehmer abgegeben. Die Dobrinjski GmbH hat sich auf Baggerarbeiten spezialisiert. Die hat die Maschinen, die wir manchmal brauchen, aber nicht immer gleich kaufen möchten.«

»Und wer schaut da noch durch?«

Er lächelte spitzbübisch: »Keiner, aber sagen Sie´s nicht weiter. Das ist ja der Zweck der Übung. Deshalb werden doch alle öffentlichen Bauten so teuer. Erst beim Kämmerer laufen am Schluss alle Rechnungen zusammen. Und der wundert sich und das große Geschrei fängt an. Nee, Controlling muss eigentlich Tag für Tag durchgeführt werden. Muss ich ja für meinen kleinen Bereich auch.«

Als ich Herrn Collbitz verließ, war ich ziemlich bedient - und hungrig. Ich bestellte beim Türken eine Currywurst und ein Wasser. Dann machte ich mich auf zur *Dobrinjski GmbH* nach Hildesheim.

Als Büro waren vier Container über- und nebeneinander gestapelt. Rundum standen Radlader, Planierraupen und Bagger.

Im ersten Container war der ›Empfang‹. Das Mädel hinter dem Tresen sah verweint aus. Ahnungslos fragte ich, ob sie Herrn Pruetzmann gekannt habe?

Sie brach wieder in Tränen aus. Laut schluchzend nahm sie ihr Smartphone hoch und zeigte mir ein Foto: Ein Selfie von einem jungen Mann und ihr. Man konnte wenig erkennen, aber dass sie ihn anhimmelte, war deutlich.

Ich streichelte über ihre Hand. »Es tut mir leid.«

Wieder ein herzzerreißendes Schluchzen.

Plötzlich komme ich mir ungeheuer alt vor.

»Wann haben Sie ihn denn zum letzten Mal gesehen?«

Tiefes Schluchzen.

»Jetzt beruhigen Sie sich erst mal. Ich gehe zum Chef und komm dann noch einmal zu Ihnen.«

Sie nickte, ging um den Tresen vor die Tür und wies auf eine Stahltreppe, die einen Container höher führte.

Herr Dobrinjski saß vor seinem Computer und arbeitete offensichtlich an einem Terminplan. Viele bunte Spalten liefen über seinen Monitor. Er hatte wenig von einem Baggerfahrer, wirkte eher wie ein Banker: Dunkelblauer Zweireiher, hellblaues Cityhemd, dunkelblaue Krawatte. Schmale Augenschlitze unter der hohen Stirn gaben ihm etwas Verschmitztes, das bei bösem Willen auch Verschlagenheit sein konnte. Die gewaltigen Geheimratsecken vor grauem Haarrest dehnten die Stirn weit nach hinten. Seine Haut war auffallend glatt und faltenfrei. Ich schätzte ihn auf Mitte 50.

Er drehte sich zu mir um: »Sie kommen von Collbitz? Er hat schon gewarnt.«

»Was gab´s zu warnen?«

Er lachte. Die Augen wurden noch enger. »Wir Bauleute immer schlechtes Gewissen. Schwarzarbeit, Arbeitsschutz, Haftung - viel schlimme Worte in Deutschland. Aber bitte: Nehmen Platz. Es geht um Polen und geht um Pruetzmann, habe gehört?«

»Er hat nach der Hinterlassung einer nackten Leiche in einer Baugrube das Land fluchtartig verlassen. Da interessieren wir uns natürlich sehr für seine Vorgeschichte.«

»Wer ist wir? Einer von Polizei war schon da und hat erkundigt.«

»Das LKA Hannover, die Braunschweiger Kripo und ich als privater Ermittler, der von dem Toten noch beauftragt worden war.«

»Viele Leute.« Er schien beeindruckt. Aber Sache mit Pruetzmann war wirklich - wie sagt man - komisch?: Er stand hier.« Er zeigte auf eine Stelle auf dem Fußboden. »Gute Papiere aus Argentinien und Peru. Hat auf alle große Maschinen gearbeitet. Die Übersetzungen waren von deutsche Botschaft in Buenos Aires okay.«

»Wie kam er auf Sie?«

»Ich habe Anzeige laufen, wegen Auftrag in Braunschweig. Da waren Überstunden und Spätschichten. Herr Pruetzmann sagte nur *no problema!*«

»Er war Ihnen also buchstäblich maßgeschneidert ins Haus gekommen?«

»Kann man sagen so.«

»Jetzt muss man doch annehmen, dass er von unbekannter Hand ferngesteuert worden war?«

»Sieht so aus. Aber ich weiß nicht.«

Er schaute mich an. »Ich sag Ihnen jetzt, was ich nicht verstehe.«

Er schien noch nachzudenken. »Er hat an diesem Abend gar nicht Dienst.«

»Wie?«

»Er war auf Baustelle und hat gesagt, sein Kumpel will Fußball sehen. Brasilien gegen Kolumbien. Das geht ihm«, er lachte, »am Arsch vorbei. Deshalb macht Job.«

»Und wer war der glückliche Kumpel?«

Er zögerte. »Ein Pole. Ich dachte, Sie wüssten?«

»Name ist wohl nicht drin?«

»Ich habe ihm gesagt, verschwinden. Sie wissen, wie streng Gewerbeaufsicht. Wenn du da registriert, keine Chance. Ich denke, er hat meinen Rat befolgt.«

Dobrinjski drehte sich ab, als sei das Gespräch zu Ende. Ich gab aber noch nicht auf: »Hat Pruetzmann hier in Peine gewohnt?«

»Wir haben Pension, für Saisonkräfte.«

Er schaute kurz in einen Karteikasten und reichte mir dann eine Visitenkarte rüber. »Sie wollen sicher auch dort fragen!«

»Danke. - Und ihre Sekretärin war wohl ziemlich verliebt in ihn?«

»Ist völlig von - .«

»Von der Rolle. Hätten Sie was dagegen, wenn ich mich noch einmal mit ihr unterhalte? Vielleicht erfahre ich ja doch etwas über die Hintergründe seines Hierseins.«

»*No problema!*« Er schaute auf die Uhr. »Sie hat 15 Uhr Feierabend.«

»Danke. Dem Namen nach kommen Sie aus dem Ex-Jugoslawien?«

»Kroatien.«

»Woher können Sie so gut deutsch?«

»Ich bin als Kind nach Memmingen gekommen.«

»Ah, ihr Vater war wohl Gastarbeiter?«

Jetzt verfinsterte sich seine Miene. »So ähnlich, ja! Sagen Sie besser Sklave. Ich bin mit achtzehn zurück nach Heimat.« Er wandte sich wieder seinem Computer zu. »Ich muss arbeiten. Wenn Sie erfahren Sachen über Pruetzmann, können Sie wieder kommen.«

»Nochmals Danke! Und Tschüss!«

Es war Halbzwei, als ich den unteren Container betrat. »Na, ein bisschen gefangen?«

Sie nickte.

»Wie heißen Sie denn?«

»Melanie Schuster.«

»Melanie, ich heiße Larry. Draußen steht meine BMW. Hätten Sie Lust, mit mir nachher eine Spritztour zu machen?«

Sie schaute mich an.

»Zu einem See oder so?«

»Meinen Sie den Salzgittersee?«

»Ich bin nicht von hier. Sie sagen an.«

»Ich brauch doch einen Helm?«

»Den besorg ich noch. In Peine gibt es doch sicher einen Zweirad-Shop?«

»Kracht in der Braunschweigerstraße«, kam es prompt.

»Also abgemacht. Um drei bin ich wieder hier. Dann geht´s zum Salzgittersee.«

Die Wirtin in der Pension ›Andreja‹

schien auch etwas gekränkt ob der schnellen Abreise des Herrn Pruetzmann.

»Er war so ein Lieber, Netter. Ganz sauber. Immer pünktlich gezahlt. Immer eine Woche voraus. Bei Neulingen machen wir das immer so. Verstehen Sie? Später können wir dann auch auf nachträgliche Zahlung umstellen. Wir verstehen es nicht.«

»Wie hat er sich denn verabschiedet?«

»Ich hörte ihn Samstagnacht kommen. Er kam ja oft spät. Herr Dobrinjski sagte, das geht in Ordnung. Er muss oft Überstunden machen. Verstehen Sie?«

»Und dann?«

»Ich hörte ihn dann noch lange telefonieren.«

»Auf deutsch oder spanisch?«

Sie blickte erstaunt: »Ich lausche nicht. Es war nur ein Gemurmel. Er ging dann noch ins Bad und duschte. Um drei war Ruhe.«

Sie schien ihren Gast ja ziemlich im Auge oder besser: im Ohr gehabt zu haben.

»Ich wollte ihm am nächsten Tag noch sagen, dass er nicht so spät duschen soll. Aber samstags ist das Haus ja leer. Meine Polen fahren alle Freitagmittag nach Hause. Er hatte also niemand gestört.«

»Und dann?« Ich wurde langsam ungeduldig.

»Also werktags gibt es ab sechs Uhr Frühstück. Manchmal noch früher, wenn einer zur Montage muss. Sonntags wollen wir natürlich auch mal schlafen. Verstehen Sie?« Sie sah mich Verständnis heischend an. Ich nickte.

»Ging diesmal nicht. Um sechs rief Benny, also Herr Pruetzmann, laut nach mir.«

»Wie ist denn Ihr Name?«

»Andreja, wie die Pension.«

Schien ja recht vertraulich zugegangen zu sein bei Andreja.

»Er bat dann um ein schnelles Frühstück, weil er gleich weg muss.«

»Warum so plötzlich hat er nicht gesagt?«

»Nein, aber er sagte, dass er vielleicht bald wieder hier ist. Sein Koffer war schon gepackt. Ich glaube, er hat gar nicht geschlafen.«

»Hat er denn irgendeine Adresse hinterlassen. Eine Karte oder so etwas?«

»Eine Karte? Ja, wenn Sie so fragen, eine Osterkarte. Hat er mir geschenkt.«

»Warten Sie.« Sie zog eine Schublade auf und wühlte darin herum, bis sie eine Postkarte hervorzog.

»Hier!«

Collage: Autor

Ein Ostergruß aus San Carlos de Bariloche. Nie gehört. Auf der Rückseite stand nichts.

»Darf ich die mitnehmen? Vielleicht sind wichtige Spuren drauf..«

»Ich brauch sie nicht mehr.« Das klang schon gekränkt.

»Kann ich sein Zimmer noch mal sehen?«

»Bedaure. Da wohnt seit gestern ein Pole drin.«

»Sie sind aber Kroatin?«

»Ich komme aus Varaždin.«

»Wo die Rosen blühn?«

»Ja? Blumen?«

Sie schaute so ratlos, dass mir klar war: ›Gräfin Mariza‹ war ihr nicht geläufig.

Ich machte mich auf zum Zweirad-Shop Kracht.

Eine nette Verkäuferin, der meine BMW mit Münchner Kennzeichen imponierte, war bereit, mir gegen ein virtuelles VISA-Guthaben von 500 Euro einen Helm leihweise zu überlassen. Für die erste Stunde sollte ich dann drei Euro und für jede weitere angefangene Stunde zwei Euro zahlen.

Es war Zeit zu Melanie zurückzukommen.

Sie saß bereits vor dem Container.

»Muss ich den wirklich aufsetzen?«, fragte sie, als ich ihr den Helm gab.

»Wenn sie dich ohne erwischen, kostet es 15 Euro.«

Sie begutachtete sich in der Spiegelung des Fensters. Offenbar war sie zufrieden.

Ohne weiteren Kommentar fragte sie: »Wissen Sie, wo der Salzgittersee ist?«

»Heißt der in echt so? Also amtlich? Ich habe ein Navi!«

»Ich denke. Wir sagen alle so.«

Tatsächlich. Er war eingetragen. Knappe 30 Kilometer entfernt.

»Sie haben jetzt gar nichts dabei zum Baden?«, bedauerte Melanie. »Ich habe im Sommer immer einen Bikini in der Tasche. Handtuch habe ich aus dem Büro geliehen. Soll ich Ihnen eins mitnehmen. Sie können ja in der Unterhose …«

»Nein, nein«, wehrte ich ab. »Das passt schon.«

»Da gibt´s auch FKK. Mach ich aber nur mit Freunden.«

»Lass mal. Ich guck gern zu, wenn du schwimmst.«

Der See entpuppte sich als ein künstlich angelegter Freizeitpark. Mit Segelhafen, Wasserski, Badestrände. Wir parkten Maschine und Helme und gingen zu einem richtigen Sandstrand. Melanie breitete ein Handtuch aus, zog ihr T-Shirt über den Kopf, ließ die Jeans fallen - und rannte im Bikini ins Wasser.

Nach zehn Minuten kam sie zurück. Natürlich musste der Mann am Ufer nass gespritzt werden. Ich wehrte mich nicht.

Sie war ein mageres Mädchen. Rötlich-blonder Typ. Mit sehr heller Haut und vielen Sommersprossen. Prompt holte sie auch eine Sonnenschutz-Creme aus ihrer Tasche.

»Ich muss immer 50er nehmen. Sonst kriege ich sofort einen Sonnenbrand.«

Nachdem sie sich fertig präpariert und wohlig auf dem Handtuch ausgestreckt hatte, begann ich vorsichtig mit meinen Fragen.

»Du hast den Bernhard sehr lieb, oder?« Ich wählte bewusst das Präsens.

Sie zog ihre Lippen nach innen, als wollte sie ihren Mund verschließen.

Dann brach es aus ihr: »Er auch. Er auch. Er hat´s gesagt.«

»Erzähl einfach mal. Er kam in die Firma …«

»*Merci* hat er mitgebracht. Schon am ersten Tag. Die Schokolade, wissen Sie?«

Ich nickte.

»Und immer was anderes. Er kam nie mit leeren Händen. Hat mir auch manchmal geholfen. Wenn ich Arbeitspläne vom Chef ins Reine bringen musste, hat er mir diktiert, damit es schneller ging.«

In Agentenkreisen würde man hier von einem *Romeo* sprechen, dachte ich. Laut sagte ich: »Ganz prima war das. Versteh ich gut.«

»Echt cool.«

»Aber hier zum See seid ihr nie gefahren?«

»Nie. Er hatte ja immer Dienst, wenn ich frei hatte. Aber wenn das vorbei ist, hat er immer gesagt, dann holt er mich ab.«

»Wohin?«

Die Frage hatte sie wohl selbst nicht gestellt, denn sie schwieg nachdenklich.

Schließlich sagte sie: »Er war ja Argentinier.« Als sei das die Erklärung.

»Habt ihr denn jetzt zusammen Fußball geschaut? Argentinien oder Deutschland?«, holte ich das Gespräch wieder etwas in die Gegenwart.

»Er hatte ja immer Dienst, wenn ein Spiel war.«

»Wie war das denn letzten Freitag, als du ihn zum letzten Mal gesehen hast?«

»Er war extra noch mal reingekommen, um mir ein schönes Wochenende zu wünschen. Für uns beide hat er ein *Magnum* mitgebracht. Das Eis, wissen Sie.«

»Kenn ich. Ess ich auch gern.«

»Mitten im Schlecken rief dann der Chef an. Deshalb war ich ja noch im Büro. Der Chef hatte gemeint, ich müsse bis 17 Uhr 30 bleiben. Es käme wohl noch was. Und das am Freitag. Ich war eigentlich sauer. Und dann der Anruf als ich gerade mein *Magnum* genießen wollte. Berni nahm es mir aus der Hand, denn ich bekam den Auftrag, den Antek anzurufen. Er solle um 21 Uhr an der Baustelle Jasperallee sein. Dazu musste ich im Telefonverzeichnis blättern. Deshalb hielt Berni das Eis. Dann sagte er: Lass mal. Der Antek will heute Fußball sehen. Brasilien spielt. Mir ist das egal. Er hat mir versprochen, dass er pünktlich an der Jasperallee sei.«

»War er dann ja auch.«

»Warum ist er denn abgehauen. Er hatte doch mit der Sache gar nichts zu tun. Das war doch Anteks Job?«

»Da hast du recht. Deshalb bin ich ja auch an der Sache dran. Irgendwie passt es nicht zusammen. Und Antek ist auch weg. Weißt du zufällig noch, wo er gewohnt hat?«

»In Braunschweig, Berliner Straße 39. Ich musste gestern dem Chef seine Anmeldung raussuchen.«

»Das Haus kenne ich. Ein Wohnheim. Und wie heißt er mit Nachnamen?«

Sie lachte: »Wie der Fußballer, der von Dortmund, Lewandowski. Wenn Sie etwas herausgekriegt haben, sagen sie´s mir?«

»Aber klar. Und jetzt hast du nichts mehr von Bernie gehört. Keine SMS, kein Twitter, kein Facebook?«

Sie schüttelte den Kopf. »Er sagte, er macht so etwas nicht.«

Sie ging dann noch einmal ins Wasser, bevor ich sie wieder in Peine absetzte.

»Sie rufen wirklich an, wenn´s was Neues gibt?«, fragte sie zum Abschied.

»Versprochen!«

Ich notierte ihre Nummer.

Abends habe ich mit Hedi

die neuen Erkenntnisse diskutiert. Wir fanden dazu keine Erklärungen. Es blieb mysteriös.

Sie fasste zusammen: »Also der Collbitz hat den Dobrinjski angeheuert. Und der hat den Antek gerufen - es kam aber der Pruetzmann. Ein Freelancer im wahrsten Sinn, denn er wurde doch offensichtlich lanciert. Zur richtigen Zeit am richtigen Ort, um die Tat zu vollbringen. Ein echter Masterplan muss dahinter stecken.«

»Das sehe ich auch so. Und offensichtlich haben auch die Täter, also diejenigen, die die Leiche in die Grube geschafft haben, Verbindung zu Dobrinjski und Antek. Sie mussten ja wissen, dass ein Mann des Vertrauens kommt.«

Hier unterlief uns ein gedanklicher Kurzschluss, den ich gerade noch rechtzeitig bemerkte: »Einer von beiden konnte ja nur der ›Mann des Vertrauens‹ sein. Antek *oder* Pruetzmann. Aber wer? Und was ist dann der andere?«

»Und der Antek hat tatsächlich in dem Viva-España-Haus gewohnt? Wenn das der Kornmann gewusst hätte, dass Spuren seines Todes dorthin führen.«

»Eine weitere Pointe in diesem obskuren Fall.«

»Wie wirkt denn der Dobrinjski?«

»Auf den zweiten Blick unsympathisch.«

»Der war´s«, schloss sie messerscharf.

»War was? - Mörder? Bestatter? Mitwisser? Vermittler?«

»Wie sagte deine Münchner Vermieterin?«

»Mer weiß ja nix - des is ja des!«

»Dem kann ich vollinhaltlich zustimmen.«

Auch nach dem letzten Schluck aus der Flasche sahen wir nicht klarer.

Das Wetter war schlecht.

Wir hatten uns deshalb zum Brasilienspiel privat mit Freunden von Hedi verabredet. Ich war vormittags mit Einkäufen beschäftigt. Wein, Bier, Knabberzeug.

Später surfte ich im Internet. Ich suchte Themen zu Braunschweigs Geschichte. Dabei stieß ich auf einen Beitrag, der mich besonders fesselte: *Bunker in Braunschweig* hieß die Seite.

Ein Hobbyhöhlenforscher namens Wilhelm Ruhs beschreibt da, wie er 2005 in den gesprengten Bunker am Nussberg eingedrungen war: »Nachdem ich mich durch die Kellerfensteröffnung gezwängt hatte, betrat ich einen Betonkorridor mit rechteckigem Profil: etwa 1,5 m breit, 2 m hoch, 4 m lang. Er ging in ein von Stützmauern unterteiltes Tunnelprofil über. Der Schutt liegt vom Boden schräg ansteigend bis zur unbeschädigten Bunkerdecke. Das Ende befindet sich genau unter dem asphaltierten Weg an der Rückseite des Aussichtsbunkers.

Nur die vorhandenen Minitropfsteine zeugen von den Jahrzehnten, die inzwischen verstrichen sind. Sonst scheint die Zeit stehen geblieben zu sein und die zuvor geschilderten Zustände von 1945 scheinen lebendig zu werden. Der Raum maß ca. 6 x 3 m und war 4 m hoch. Der Boden war mit grobem Ziegelsprengschutt bedeckt. In der linken Ecke befindet sich der Schornstein, der auch deutlich aus dem ostwärts gerichteten Abhang an der Oberfläche 2 m herausragt.«

Und dann kam ein Satz, der mich nicht mehr losließ: »Vermutlich diente dieser Raum als Treppenhaus, um in darunter liegende Räumlichkeiten zu gelangen. Ein Zugang zu dem eigentlichen NS-Kreisbefehlsbunker ist nicht möglich (oder er ist tiefer unter dem Sprengschutt verborgen).«

Oder ist tiefer verborgen. Da kann es also unter all dem Schutt noch etwas geben. Eine beigefügte Zeichnung des Autors regte meine Fantasie weiter an:

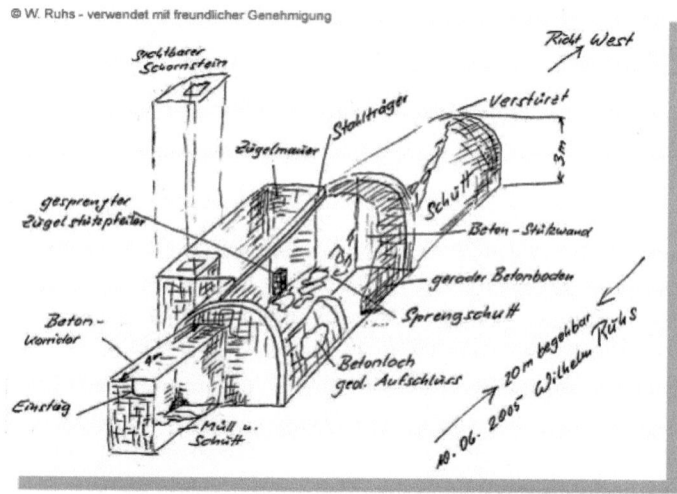

© W. Ruhs - verwendet mit freundlicher Genehmigung

Ich musste da noch einmal hoch.

Das Brasilienspiel mit dem bekannten, unwirklichen Ergebnis, hat mich das Thema dann etwas vergessen lassen.

Ich habe den Abend jedenfalls als euphorisches Erlebnis von sechs Erwachsenen in Erinnerung, die sich ständig gegenseitig umarmten, mich eingeschlossen, und die sich ständig selbst bestätigen musste, dass das alles wirklich passiert.

Dann war es passiert und wir wollten noch lange nicht schlafen.

Zur Sitzung auf dem Kommissariat

hatte mich Hedi abgesetzt. Wir waren alle etwas verkatert und ich wollte nicht in der warmen Motorradkluft herumsitzen. Hoffte auch, dass meine Kollegen ähnlich angeschlagen waren.

Von wegen: Die Runde stand zwar immer noch unter dem Einfluss des Spiels gestern Abend, machte aber einen putzmunteren Eindruck. Conny Böse-Lange, die heute weniger streng aussah, weil sie ein luftiges Sommerkleid trug, schwärmte von Toni Kroos: »Zum Niederknien!«

Udo Wallenberg blieb sachlicher: »Fünf Tore in 18 Minuten. Gegen Brasilien im eigenen Land. Das wird in die WM-Geschichte eingehen.«

Conny gönnte dann noch dem Klose, dass »er jetzt alleiniger Torschützenkönig der WM-Geschichte ist.«

Als wir endlich ›zur Sache‹ kamen, warf Conny die BILD-Zeitung auf den Tisch. »Das Spiel hat uns gerettet. So steht es nur ganz klein hier unten: *Mysteriöse Leiche in Braunschweig.* Stellt euch die Schlagzeile vor, wenn kein Fußball wäre. Auf Seite 5 ist dann ein Foto vom Fundort. Vermutlich haben die Straßenarbeiter was rausgelassen.«

»Gab aber auch genug andere Gaffer mit Handy. Selbst ernannte BILD-Leser-Reporter. Grauenhaft.«

Udo ergänzte: »Wie auch immer, unser Chef gibt heute Nachmittag eine Pressekonferenz. Um Spekulationen gleich zu unterbinden.«

Weiter konnte Conny nur berichten, dass beim LKA und auch beim Verfassungsschutz keinerlei auffällige Aktivitäten im rechten Spektrum beobachtet wurden.

»Auch das Thema *Werwolf* hat nicht weiter geführt. Es gab mal ein Symposium unter sehr rechtskonservativen Intellektuellen. Das Thema bezog sich aber auf die historische Dimension. Auf den *Wehrwolf*, der sich als Reaktion auf den Versailler Vertrag gegründet hatte, aber ziemlich bedeutungslos blieb. Man diskutierte, wie konservative Revolution und Gewalt zusammenpassen. Alles unerheblich.«

»Könnte unter diesen Intellektuellen nicht ein Althistoriker sitzen, der sich mit Latein und Bibel auskennt?«, gab ich zu bedenken.

Conny: »Könnte natürlich. Aber so einer legt doch keine nackten Leichen in Baugruben.«

»Er muss ja nur anstiften. Den Boden bereiten. Also, den geistigen Boden.«

Conny: »Wir werden Ihrem Einwand nachgehen. Doch grundsätzlich sieht man bei uns in Norddeutschland die Szene hier eher rückläufig. Ich habe mich noch einmal beim BND schlaugemacht. In Hamburg, sagen sie, hat sich die Szene in den letzten zehn Jahren fast halbiert. Nun sind zwar die Kenntnisse unserer Dienste - wie die aktuellen Vorgänge um die braunen Mörder aus Thüringen und Niedersachsen zeigen - eng begrenzt. Die Schwäche der rechten Szene in Hamburg wird aber auch von antifaschistischen Gruppen registriert. Also überall noch große Fragezeichen.«

Wallberg hatte auch wenig:. »Der Baggerfahrer, dieser Lewandowski ist mit dem Fußballer weder verwandt noch verschwägert. Wir haben ihn mit internationalem Haftbefehl zur Fahndung ausgeschrieben. Die Schwulen-Szene ist nur verunsichert. Aber keinerlei Verdachtsmomente. Im rechten Milieu ist man sauer, wegen verstärkter Überwachung. Mit der Sache will man nichts zu tun haben. Den Werwolfwimpel halten viele für eine gezielte Provokation.« Dann wurde er etwas lauter:

»Ein früherer Vorfall ist allerdings - vielleicht - bedeutsam: Am 14. September 2012 kurz vor 23 Uhr erreichte uns die Meldung, dass am Nussberg, oben auf der Aussichtsplattform, etwa 20 schwarz gekleidete und teilweise vermummte Gestalten mit Fackeln und Fahnen in Schwarz-weiß-rot agieren würden. Als eine Streife eintraf, war der Spuk schon vorbei. Wenige Wochen später stellten die Neonazis ein Bild von ihre Aktion ins Netz und verkündeten, dass sich die ›Aktionsgruppen‹ aus Braunschweig, Wolfsburg und Gifhorn nun zum ›Aktionsbündnis 38‹ zusammengeschlossen hätten. Die 38 bezieht sich hier auf kein bestimmtes Jahr, sondern auf die gemeinsame Postleitzahl. Diese Gruppe tritt auch unter der Bezeichnung ›Freie Kräfte Niedersachsen Ost‹ auf. Aber mehr mit dümmlichen Rüpeleien. Spinner eben - so unsere Einschätzung.«

Ich hatte am meisten zu bieten: Zuerst zog ich die Karte aus *San Carlos de Bariloche* und warf sie auf den Tisch: »Schöne Grüße von Bernhard Pruetzmann!«

»Nicht wirklich?« Das war Conny.

Ich erzählte dann ausführlich von meinem Trip nach Peine und Hildesheim.

»Immer diese Alleingänge. Das haben wir gern«, motzte Udo.

»Ich war beauftragt, von außen an die Sache heranzugehen«, witzelte ich.

»Ist doch prima«, sagte Conny. »Er liegt am Salzgittersee mit Teenagern, während wir -.« Sie sagte nicht was. »Immerhin haben wir jetzt einen winzigen Punkt in diesem Riesenland. Ich glaube zwar nicht, dass die ausliefern. Aber vielleicht kann einer mal hinfahren und mit ihm reden.«

»Ich komme mit«, rief ich dazwischen.

»Ich werde es bei meinem Antrag erwähnen«, gab Conny zurück. Aber irgendwie kamen wir über Geplänkel nicht hinaus. Wir vertagten uns auf Freitag.

Conny ging mit mir hinaus.

»Was treiben Sie so, als Fremder in dieser Stadt? Sightsee-ing?«

»Treiben ist das richtige Wort. Ich lasse mich treiben. Jetzt treibt es mich zur Straßenbahn dort am Eck. Spurensuche heißt ja nicht, immer mit der Nase am Boden.«

»Da haben Sie recht. Betrachten Sie ihre Umgebung mit offenen Augen. Da entdeckt man manchmal Dinge …«

Holla, was war das denn jetzt? Wir waren an ihrem Auto angekommen.

»Soll ich Sie ein Stück mitnehmen?«

»Gern. Bis zum Schloss, wenn´s Ihnen nichts ausmacht.«

Sie nahm ihre Brille ab. Ihre Augen bekamen plötzlich einen feuchten Schimmer.

»Larry, es macht mir nichts aus. *Carpe diem*, hat mein Groß-vater immer gesagt.«

»*Okulis isdem video.*«

»Helfen Sie mir. Hatte nur drei Jahre Latein.«

»Ich sehe es mit denselben Augen.«

Ich stieg ein. Sie zögerte noch mit dem Anlassen.

»Dass Sie mit Hedi nichts haben, war mir sofort klar.«

»Wir haben gemeinsam Abi gemacht. Sie ist sehr nett.«

»Etwas fehlt ihr. Etwas, das unter der Haut knistert.« Da-bei legte sie mir die Hand auf den Oberschenkel.

»Conny, ich bin ein Mann.«

»Eben.« Als sie gespürt hatte, was sie wohl spüren wollte, setzte sie die Brille wieder auf und fuhr los. Ich ging in den *Stand-by-Modus.*

Wir fuhren am Schloss vorbei. Rechts ragte eine mittel-alterliche Kirche auf. Sie fuhr weiter geradeaus.

»Irgendwo wird es enden«, dachte ich.

Vor einer Bahnüberführung bog sie rechts ab. Nach ein paar Hundert Metern auf einer schmalen Straße öffnete sich ein weites Feld.

»*Das ist ein weites Feld*, heißt es bei Fontane. *Effi Briest*.«

»Das ist das Messegelände, heißt es in Braunschweig. Hier ist nur bei Veranstaltungen etwas los. Manchmal ist hier sonntags ein riesiger Flohmarkt. Da komme ich sogar von Hannover rüber.«

»Da müsstest du mal zum Flohmarkt auf die Theresienwiese kommen. Einmal im Jahr. Unglaublich.«

Während wir belanglose Dinge quatschten, sondierten wir unauffällig die Gegend. Alles paletti. Conny steuerte in den hintersten Winkel unter den Schatten eines Baumes. Kaum hatte sie die Handbremse angezogen, schoben wir unsere Sitze nach vorne und verzogen uns auf die Rückbank. Sie fragte, ob sie auf meine Prothese Rücksicht nehmen müsse. Ich verneinte. Und schon war sie über mir. Schnell stellte ich fest, dass sie gar kein Höschen anhatte.

»Du riechst so gut.«

»Danke. *Nude* von Bill Blass«, raunte sie noch. Es waren für längere Zeit ihre letzten klaren Worte.

Noch nie habe ich mich in meiner gesamten beruflichen Laufbahn so intensiv mit dem LKA beschäftigt. Und so berauschend. Kurz: Es war schön. *Mehr sog I net*, würde der Bayer sagen.

Als wir uns beruhigt hatten, war ich etwas taktlos und fragte nach Herrn Lange.

Sie schaute mich lachend an: »Falls du Angst hast, bei der Polizei ist er nicht. Er ist im Gremium der Europäischen Fahrplankonferenz. Und immer woanders. - Heute in Genf, glaube ich. Er lässt mich viel allein.«

»Da hast du doch freie Fahrt auf allen Strecken? Ich meine jetzt Bahnstrecken.«

»Klar. Jahreskarte. Aber die nutze ich nur für größere Entfernungen. Nach Braunschweig bin ich schneller mit dem Auto. Also inklusive der Bewegungen in der Stadt.«

»Und ohne Stau«, gab ich zu bedenken.

Sie lachte wieder. »Ohne mein Auto wären wir doch gar nicht hier. Nach München komme ich mit dem Zug - und zwar bald. Verlass dich drauf.«

»Machst du oft solche Bewegungen in der Stadt, wie du das nennst?«, neckte ich sie.

»Wie sollte ich. Die Kollegen sind doch tabu. Da geht die Karriere vor. Einmal schwach geworden und du bist als Frau erledigt - in diesem Haifischbecken. Nein, da muss schon ein netter Kerl von ganz weit weg kommen, bevor ich meine Prinzipien durchbreche. Am besten aus München.«

Ich wollte sie noch einmal in den Arm nehmen, doch sie wehrte ab. »Vorsicht. Da kommen Kollegen hoch zu Roß.«

Am Rand des Platzes tauchten zwei berittene Polizisten auf, die langsam auf uns zu trabten.

Conny nahm ein Plaid von der Hutablage und warf es über mein Unterteil. »Stell dich schlafend. Ich regele das.«

Sie griff nach vorne zu ihrer Handtasche und legte sie neben sich. Ich lehnte mich zurück und schloss die Augen.

Als die Reiter neben uns standen, kurbelte sie das Fenster runter. »Hallo, Kollegen. Wir gehören zur Truppe«, rief sie halblaut, um meinen angeblichen Schlaf nicht zu stören. Dabei zog sie ihren Dienstausweis aus der Tasche und hielt ihn aus dem Fenster. »Lasst uns noch ein Stündchen. Wir sind total übermüdet. Waren die ganze Nacht im Einsatz. Nur ein Nickerchen, bevor es wieder auf die Autobahn geht.«

»Alles klar, Kollegin«, hörte ich. »Sollen wir noch was tun? Jemand Bescheid sagen?«

»Vielen Dank!«

»Lassen Sie ihn weiterschlafen. Wenn Sie Hilfe brauchen: laut hupen - wir sind noch in der Nähe.«

Als die Scheibe wieder geschlossen war, durfte ich die Augen öffnen.

»Die haben sogar salutiert. Wenn ich gewollt hätte, würden die hier auch noch Wache schieben.«

Das Intermezzo hatte uns so aufgewühlt, dass wir noch einmal übereinander herfielen.

Völlig zufrieden setzte sie mich endlich am Schloss ab.

»Wir sehn uns wieder!«

Hedi bewohnt ein Dachgeschoss.

Nach ihren Plänen ausgebaut. Mit sehr geschickter Raumaufteilung. Die Küche ist ins Wohnzimmer integriert. Ich erwähne das, weil es in unserer Geschichte die Wende brachte.

An jenem Abend stand sie im Küchenbereich und schälte eine Zwiebel. Ich hatte mich als Küchenjunge angeboten. Das wurde abgelehnt. Also saß ich am Tisch und nahm jedes Blatt aus meinem Ordner ›Braunschweig‹ noch einmal vor. Dabei summte ich vor mich hin: Heilig, heilig, heilig … Das *Sanctus* aus der Deutschen Messe von Schubert.

Plötzlich warf Hedi ihr Messer hin: »Moment. *Heilig* hast du eben gesagt. Völlig korrekt. *Sacra* heißt heilig. Warte!« Sie stand vor mir wie die heilige Johanna. Ich entschuldige mich für diesen banalen Vergleich, aber er fiel mir wirklich ein. Sie lief an mir vorbei an ihr Bücherregal, verweilte kurz, fuhr mehrmals mit einem Finger in der falschen Reihe an den Buchrücken entlang, um dann einen schmalen Band hervorzuziehen.

Mit den Worten: »Ich glaube, hier finden wir etwas«, legte sie ihn vor mich hin.

So abgedroschen es klingt: Es traf mich wie ein Blitz. Stellen sie sich vor, sie grübeln über merkwürdige Botschaften und plötzlich liegt die Lösung vor ihnen. Da stand wirklich weiß auf schwarz:

HEILIG
Die Flucht des Braunschweiger Naziführers auf der Vatikan-Route nach Südamerika

Es war nicht zu fassen. Ein Naziverbrecher heißt *Heilig.* Und hier finde ich seine Geschichte, die vielleicht unser Geheimnis löst, mindestens dazu beiträgt.

Hedi sagte noch auf dem Weg zurück in die Küche: »Der Autor lebt und schreibt immer noch. Der ist hier bei der Zeitung.«

Ich blätterte das Buch zunächst einmal locker durch. Hier fasse ich kurz zusammen, was ich heute weiß:

Berthold Heilig, Braunschweigs höchster Nazi, hat bis April 1945 ein Schreckensregime in dieser Stadt geführt. Dafür wurde er zum Tode verurteilt. Ausgerechnet ein englischer Offizier half dem Nazi-Verbrecher zur Flucht. Aus Liebe zu Heiligs früherer Sekretärin. Heilig bricht aus der Todeszelle des Zuchthauses Wolfenbüttel aus. Der Engländer bringt ihn aus der Stadt, zum Bahnhof nach Hannover.

Vertreter der evangelischen und katholischen Kirche bereiten dann dem Nazi-Mörder den Weg in die Freiheit. Mit einer Mönchskutte getarnt gelangt er von Kloster zu Kloster bis zum Vatikan. Dort findet er in einem Priesterseminar Unterschlupf und bekommt neue Papiere. Heilig entkommt nach Argentinien. Führt dort unter dem Namen Juan Richwitz ein ärmliches Leben. Schließlich hatte er nichts gelernt, außer gnadenloser Nazi zu sein. 1978 stürzt er sich vom 10. Stock eines Hochhauses in Tucuman in den Tod.

All das habe ich in dem Buch gelesen. An jenem Juliabend, aber noch Wichtigeres. Denn am Ende fand ich eine Zeittafel. Begierig forschte ich nach einem Datum, das uns bisher vielleicht nicht aufgefallen war.

Da stand es.

»Hedi, hör zu«, rief ich über das Brutzelgeräusch hinweg. Sie unterbrach ihre Arbeit und kam wieder zum Tisch.

Ich erhob meine Stimme: »18. Juni 1947: Heilig wird durch die 3. Strafkammer des Landgerichts Braunschweig als Mörder des Landrats Dr. Bergmann zum Tod verurteilt.

Danach Haft im Zuchthaus Wolfenbüttel in der Todeszelle. - 18. Juni! - Der Tag des Zorns. Heute wird verfolgt … und so weiter. Das ist ein Schlüsseldatum. Genau wie der 18. Oktober.«

Als Antwort kam ein Schreckensschrei: »Meine Zwiebel!«

Eine kleine Rauchwolke kam von der Küchenzeile.

»Mist!«

Sie war hin gesprungen, aber zu spät. Die Zwiebel war schwarz.

»Darf ich dich zur Feier des Tages und unserer gloriosen Entdeckung ins Sukiyaki einladen? Die Rettiche sollen dort delikat sein.«

Sie streckte mir die Zunge heraus: »Nicht nur der Rettich. Und heute will ich italienisch.«

Mir war es recht.

In der Nacht las ich dann das Buch über Heilig. Es war wie ein Krimi.

Am nächsten Tag

rief ich in der Zeitung an. Auf meine Frage nach dem Autor, kam nur ein kurzes *Verbinde!* Und schon war er selbst am Apparat.

Nachdem ich die Geschichte von Kornmann und der Via Sacra in groben Zügen erzählt hatte, wollte er zunächst wissen, wer ich sei.

»Und jetzt ermitteln Sie in Braunschweig?«

»Herr Kornmann hatte mich tatsächlich noch vor seinem Tod engagiert. Sozusagen prämortal mit posthumer Wirkung.«

»Klingt witzig. Aber was wollen Sie jetzt von mir?«

»Zunächst: bitte noch kein Wort in Ihrer Zeitung. Außer dem, was die Polizei offiziell verlautbart. Dass mit dem Wimpel soll noch geheim bleiben. Ich habe es dem LKA versprochen, dass die Öffentlichkeit noch außen vorgehalten werden soll. Aus polizeitaktischen Gründen. Versprechen Sie mir das?«

»Ich kenn diese Klausel. Aber gut, wenn´s der Wahrheitsfindung dient.«

»Bei der Brisanz des Themas ist es vielleicht wirklich besser, erst mal im Verborgenen zu ermitteln. Können Sie sich vorstellen, dass Nachfahren aus diesem braunen, argentinischen Sumpfgebiet heute in Braunschweig wieder ihr Unwesen treiben?«

»Ich kann mir vieles vorstellen. Aber Heilig selbst ist als armer Quartalssäufer umgekommen. Dort drüben zählte er nicht zu den ganz großen. Mit *einem* lächerlichen Mord auf dem Kerbholz. Da musste man schon Rudel oder Mengele heißen.«

»Er hatte aber doch viel größere Schuld?«

»Er war an etlichen Morden beteiligt, hatte Selbstmorde auf dem Gewissen. Das wurde aber alles niemals verhandelt, weil man glaubte, mit dem einen Todesurteil sei die Sache erledigt.«

»Da ging es um den Landrat?«

»Exakt. Heilig hatte als NS-Kreisleiter Braunschweig zur Festung erklärt. Das hieß damals: Verteidigen bis zum letzten Blutstropfen. Dem Landrat Dr. Friedrich Bergmann befahl er, alle Brücken über den Mittellandkanal sprengen zu lassen. Einigen, mutigen Männern gelang es, die Sprengung zu verhindern.«

»Das war doch sicher damals ein Kriegsverbrechen?«

»Richtig. Aus Verzweiflung öffnete sich Dr. Bergmann die Pulsadern. Als ein Fahrer ihn in ein Krankenhaus bringen wollte, hat Heilig das untersagt. Er ließ den Bewusstlosen von zwei Leuten nach Riddagshausen bringen und in der Nähe des Kreuzteichs durch einen Schuss in den Hinterkopf umbringen. - Kennen Sie schon die Seen da draußen?«

»Ja. Ich war Anfang Mai mal dort.«

»Gutsarbeiter fanden zwei Tage später seine Leiche, im Stiefelschaft einen Zettel mit der Aufschrift *Der Werwolf.* Das ist alles dokumentiert.«

»Und jetzt treibt ein angeblicher Werwolf wieder sein Unwesen in Braunschweig.«

»Wer war denn dieser Herr Kornmann?«

»Reiche Braunschweiger Familie.«

»Ach, es gab einen Amtsrichter, der hier manchen Nazi hinter Gitter gebracht hat. War wohl sein Großvater?«

»Er sprach sogar von Verfolgung durch die Nazis.«

»Wir sollten uns mal zusammensetzen«, schlug er vor.

Ich hatte nichts dagegen.

Das ›Viertel Nach‹ war ein Bistro.

»Es liegt am Bültenweg, ungefähr in der Mitte zwischen Ihrem Aufenthalt und meinem Schreibtisch«, hatte er vorgeschlagen. »Bei uns in der Redaktion ist es nicht mehr gemütlich. Wir ziehen demnächst in einen Neubau.«

Wir konnten draußen sitzen. Er kam gleich zur Sache: »Habe mal ein bisschen recherchiert. Diese Kornmanns haben wirklich einige Immobilien in der Stadt. Wer erbt das denn jetzt alles?«

»Eine argentinische Stiftung, die von einem Superior Bruene-Hubbach geleitet wird. Dem weltweiten Brunnenbau verpflichtet.«

»Wie heißt der Herr?«

»Bruene-Hubbach.«

»Jetzt werde ich verrückt - narrisch, sagt ihr in Bayern.«

Ich wehrte ab: »*I wer' narrisch*! rief der österreichische Reporter beim Siegestor gegen Deutschland 1978.«

Mein Gegenüber lächelte: »Der Mann hieß Edi Finger. Ich war doch auch Sportreporter und habe damals schon richtig gelebt!«

»Was macht Sie also heute so - narrisch?«

»Der Name. Warten Sie.«

Er zog aus einer Tasche einen dicken Aktenordner hervor. Während er eine Art Inhaltsangabe mit dem Finger überflog, erzählte er weiter.

»Sie sollten Folgendes wissen: Argentinien unter Perón wollte nach dem Krieg zur Weltmacht aufsteigen. Und Hilfestellung sollten Experten, Wissenschaftler und andere aus dem reichen Reservoir der Kriegsverbrecher und der Nazigefolgschaft leisten. Man gründete also ein Fluchthilfenetzwerk, das vom Geheimdienst aufgebaut wurde. Leiter der Operation war ein - gleich hab ich´s.«

Er schlug eine Seite in dem Ordner auf.

»Hier kommt es: Leiter der Operation war ein Rodolfo Freude, ein enger Freund Evitas«, las er vor.

»Die aus dem Musical? Don´t cry for me Argentina?«

»Genau die. Da soll man nicht schreien. Rodolfo war der Sohn des deutsch-argentinischen Unternehmers Ludwig Freude, der als oberster Nazi Argentiniens galt. Und Freudes Topagent war - gut, dass Sie schon sitzen - ein gewisser Carlos Horst Fuldner-Bruene!«

»I wer' narrisch!«

»Sehn Sie.«

Er blätterte weiter in seinen Aufzeichnungen und las dann wieder: »Dieser Fuldner-Bruene war der Sohn einer deutschen Einwandererfamilie, die Anfang der 1920er Jahre nach Deutschland zurückgekehrt war. Er trat bereits 1931 der SS bei, machte sich später der Unterschlagung schuldig und wurde verhaftet und degradiert. 1944 tauchte er in Madrid auf. Jetzt als Agent des Auslandsgeheimdienstes der SS.«

»Unkraut vergeht nicht.«

Er nickte. »Der Kerl sollte Fluchtmöglichkeiten für SS-Größen sondieren. Diese Erfahrung konnte er später als Agent der Nachrichtenabteilung Peróns nutzen. Das steht alles in dem brillanten Buch von Uki Goñi ›Odessa. Fluchthilfe für NS-Kriegsverbrecher‹)[1]. Müssen Sie lesen. Da geht es um diese ganze schreckliche Sippschaft, die damals unsere Naziverbrecher bei sich aufnahm.«

»Und die konnten dort in Frieden leben?«

»Gutbürgerlich, in der Regel.« Er klappte seine Akte zu. »Es gab hier am Staatstheater mal einen Schauspieler, der war Mitte der sechziger Jahre am ›Deutschen Theater‹ in Buenos Aires engagiert. Das war eine Gründung von Emigranten

---

[1] Erschienen im Verlag Assoziation A, Berlin. Anm. d. Autors

und die tourten mit unseren Klassikern über den ganzen Kontinent. Er hat mir erzählt, was damals los war. Jeden Abend in einer anderen Stadt oder auch in einem anderen Land. Die Schauspieler wurden von der Deutschen Kolonie betreut und landeten nach der Vorstellung bei Gastfamilien. Es war für die Gäste damals immer erste Aufgabe, herauszufinden, ob man heute bei Juden oder Nazis einquartiert ist. Eine irre Situation.«

»Wirklich. Und wenn sie nicht gestorben sind, dann leben sie noch heute?«

»Wenn sie nicht manchmal vom Mossad oder Simon Wiesenthal oder anderen aufgespürt worden sind.«

Wir hatten noch viel zu erzählen.

»Halten Sie mich ruhig auf dem Laufenden«, sagte er zum Schluss. »Ich kann schweigen. Aber die Sache interessiert mich. Als Heimatforscher.«

Ich versprach´s.

Ein erneuter Anruf bei SBH.

Zunächst wollte die Sekretärin mich abwimmeln. Als ich sagte, es ging um die Sache *Heilig*, sie soll den Chef noch einmal fragen, kam nach kurzer Zeit die Antwort:

»Passt es Ihnen in einer halben Stunde?«

»Passt. Vielen Dank.«

Als ich vor dem Haus angekommen war, ging gerade die Haustür auf und ein Mann stürzte fast heraus. Normale Statur, großer Kopf mit großer Nase und dicken Tränensäcken. Er trug, trotz der warmen Witterung, einen Trenchcoat. Als er mich sah, drehte er sein Gesicht weg, als würde ihn im Nebengarten etwas ungeheuer interessieren. So sah ich nur noch eine silberne Haarmähne, die mit einem Band zusammengehalten wurde.

Er ging grußlos an mir vorüber.

Am Empfang fragte ich spaßeshalber, ob der Besucher etwas gestohlen hat?

»Wer?«

»Der Herr, der gerade hier herauskam?«

»Ach nein, das war Eska, ein Freund des Hauses.«

Erst später wurde mir klar, wen ich da gesehen hatte.

Diesmal durfte ich ohne große Umstände nach oben. Paolo Brandner, der Bodyguard begrüßte mich wie einen alten Bekannten. Tee war nicht vorbereitet. Ich durfte aber Platz nehmen.

»Sie haben das Buch gelesen?«, begann Bruene-Hubbach das Gespräch.

Ich nickte. »Und da stieß ich auf den Namen Bruene. In Zusammenhang mit einem SS-Mann, der damals die Nazis nach Argentinien geschleust hat. Das gab mir zu denken.«

»Horst Carlos Fuldner-Bruene war ein Bruder meines Großvaters. Großonkel, könnte man sagen. Und das schwarze Schaf der Familie. Er hat tatsächlich all die so genannten Kriegsverbrecher von Eichmann bis Rudel nach Argentinien geschleust.«

»Wieso *so genannt*?«

»Sagte ich s*o genannt*?«

»Sagten Sie.«

»Wissen Sie, wir Argentinier nehmen es nicht so genau. Es waren ja auch Menschen. Und um sie zu beschäftigen, gründete er die Firma *Compañía Argentina para Proyectos y Realizaciones Industriales – Fuldner y Cía*. Abgekürzt *Capri*. Sie erschlossen damals im Auftrag der argentinischen Regierung unter Diktator Juan Perón Wasserprojekte. Wenn Ihnen die Ähnlichkeit zu unserem Firmennamen aufgefallen ist - kein Zufall: Capri meldete 1955 Insolvenz an. Und jetzt wird es wichtig.«

Er machte eine Pause, um sich seine Worte zu überlegen.

»Mein Großvater, dem die Machenschaften seines Bruders überhaupt nicht gefielen - (Er war in der zivilen und verfassungsmäßigen Regierung von Ramón Castillo, die von den Obristen gestürzt worden war.) - dieser Großvater, Ernesto Bernado Fuldner-Bruene, übernahm den Firmenmantel und sämtliches totes Inventar. Die ganze - « Er zögerte, »Gruppe musste sich neue Jobs suchen. Den Namen Fuldner strich er und setzte Bruene ein. Später kam dann noch die Familie Hubbach dazu.«

Er lächelte. »Der Wasserbau ist uns geblieben - und die Verachtung falscher Gesinnung. Ich habe das Werk, als ich es 2001 übernahm in eine Stiftung überführt.«

»Was halten Sie von der Gleichung *Heilig - Via Sacra*?«

»Ich kann sie nicht von der Hand weisen.«

»Mir aber auch keinen Hinweis geben?«

»Bedaure.«

Ich stand auf.

»Das Spiel Argentinien gegen Deutschland ist ja jetzt wahr geworden. Wie ist denn Ihre Prognose?«

»Ich kann immer noch keinen Messi oder Di Maria bei den Deutschen entdecken.«

Wirklich aalglatt dieser Herr.

Die dritte Sitzung

verlief etwas zänkisch, denn das Echo nach der Pressekonferenz war verheerend.

Udo Wallenberg hatte BILD und die *Braunschweiger Zeitung* mitgebracht.

Bild BND = B(LI)ND

So stand es da. In dicken Lettern. Und im Text gab´s wieder die Hinweise auf das Versagen im Fall des NSU.

In der *Braunschweiger* gab´s einen säuerlichen Kommentar von einem Henning Noske, der vom demokratischen Grundrecht auf Information und vom Vertrauensverlust durch mangelnde Zusammenarbeit schrieb. »Wir, die Journalisten, sind doch die ersten, die abwägen können, was gesagt werden muss und was verschwiegen werden darf.« Darüber war ein Bild des Herrn, auf dem er sehr ernst schaut.

Es sei der Chef des Braunschweiger Lokalteils der Zeitung, wurde ich belehrt.

Wallenberg gab dem LKA die Schuld. Conny, die wieder ein verheißungsvolles Sommerkleid anhatte, verteidigte die Entscheidung. »Solange man gar nichts weiß, sollte man auch nichts sagen.«

»Wie würde meine Münchner Vermieterin sagen?«

»Mer weiß ja nix, des is ja des«, kam es lachend von Conny.

Udo schaute irritiert: »Darf ich um ein bisschen mehr Ernsthaftigkeit bitten. Es geht um Mord.«

Ich fuhr fort: »Heißt im Ernst: Man kann auch mal zugeben, dass man gar nichts weiß. Aber *ich* gebe zu: In Bayern hätte man auch so lang wie möglich geschwiegen.«

»Die Verlautbarungen blieben ja auch weiter bedeckt«, beendete Conny die Diskussion. »Die Presse weiß jetzt nur, dass wir einen rechtsterroristischen Anschlag nicht ausschließen. Aber in allen Richtungen weiter ermitteln. Haben wir denn etwas Neues?«

»Ja!« Ich berichtete ausführlich von meiner Entdeckung und von dem Gespräch mit dem Autor über Heilig und seine Konsorten.

»Gute Arbeit«, lobte Conny. »Du meinst also, die Jasperallee soll diesem Verbrecher geweiht werden?«

Jetzt warf Udo einen langen Blick auf mich. Das ›DU‹ hatte ihn stutzig gemacht.

»Jedenfalls sind gewisse Daten in ihrer Übereinstimmung sicher nicht zufällig: 18. Juni = Heimsuchung bis ins vierte Glied, SS-Mann Heilig zum Tode verurteilt. 18. Oktober - 100.000 SA-Männer auf der Jasperallee = heilige Braunschweiger Straße, also nach jetziger Lesart: die Heilig-Straße. Das sind doch unübersehbare Hinweise.«

Udo Wallenberg war aufgestanden. Während er ein Flipchart in die Mitte des Raumes zog, brummelte er:

»Also ich fass mal zusammen.« Er nahm einen Filzstift und zog einen dicken Doppelstrich quer über das weiße Blatt und schrieb in Versalien JASPERALLEE dazu. Darüber kam KORNMANN. Dann machte er über der Jasperallee ein Kreuz, und zog drei Pfeile nach unten. Am Ende schrieb er BREUNE-HUBBACH - HEILIG - PRÜTZMANN.

»So. Und wer steht hinter Breune-Hubbach?« Er machte ein Fragezeichen. »Wer steht hinter Heilig. Großes Fragezeichen. Und hinter Pruetzmann?«

»Collbitz«, sagte ich. »Mit C.«

Udo notierte.

»Und hinter Collbitz steht Dobrinjski«, soufflierte ich weiter.

»So. Das ist die Lage. Sind wir da einig?«

Ich hob die Hand: »Bis auf eine Kleinigkeit. Er heißt nicht Breune, sondern Bruene. Superior Berthold Bruene- Hubbach.«

Udo zog die Luft zwischen die Zähne und machte einen Bogen über das ›eu‹. »Was wissen wir noch?«

»Pruetzmann schreibt man mit ue.«

»Argentinien?«, fragte Conny rasch dazwischen.

»Katholiken«, warf ich ein. »Neonazis.«

Conny: »Altnazis. In Klammern Werwolf.«

Udo hatte einen blauen Stift genommen und alles notiert.

Am Ende sah das so etwa aus:

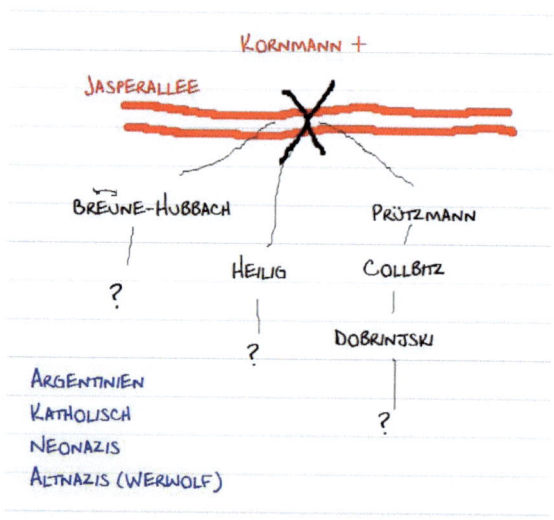

»Die Schwulen können wir wohl außen vor lassen«, schlug er vor.

Wir waren einverstanden.

»Was ist mit dem ›Großen Latinum‹, ist ja schließlich auch ein Kriterium?«

»Fällt unter den Punkt *katholisch*«, schlug ich vor. »Oder wollen wir Altphilologe ins Täterprofil aufnehmen?«

»Ist jedenfalls nicht auszuschließen«, meinte Conny.

Mein Handy klingelte. Ich sah, dass es Tommy Bandmann war, mein Freund und Ex-Kollege aus München. Ich ging auf den Flur.

»Tommy, was gibt´s?«

»Larry, schön, dich zu hören. Wo steckst du?«

»In Braunschweig.«

»Scheiße - Tschuldigung. Wir hätten dich gebraucht.«

»Sag an!«

»Du erinnerst dich, wie wir vor Jahren mal für BMW Motorendiebe erwischt haben.«

»Schon ewig her. Die hatten in der Forschungsabteilung überhaupt keine Kontrolle, welcher Motor gerade wo ist. Wir haben einen Privaten engagiert, der für uns in ein verdächtiges Lager einbrechen musste, um zu erkunden, ob da drin wirklich die Hochleistungs-Aggregate lagerten. Danach konnten wir zuschlagen.«

»Genau. So etwas Ähnliches haben wir am Samstag vor. Und da haben wir an dich gedacht.«

»Fehlen wieder Motoren?«

»Nein, Mädchen.«

»Ist ja wirklich ein ehrenvoller Job. Am Sonntag, sagst du?«

»Sonntag Nachmittag.«

»Das kann ich schaffen. Bin mit dem Motorrad hier. Hoffentlich sind nicht so viele Unwetter. Du, verlass dich auf mich. Ich bin gerade in einer Sitzung mit dem LKA. Ich melde mich, wenn´s vorbei ist, noch mal, um alles zu besprechen.«

»Larry, mir fällt ein Stein vom Schreibtisch. Bis nachher.«

Als ich zurückkam, sahen die beiden mich erwartungsvoll an. »Nein, nichts zum Fall«, wehrte ich ab. »Ich muss aber übers Wochenende nach München.«

Conny zog kurz die Augenbrauen zusammen. Dann lächelte sie wieder. »Was ist nun mit Spanien?«

Ich knüpfte sofort an: »Schieben wir alles nach Argentinien.«

Udo: »Hochtief können wir wohl auch vergessen. Die würden ja keine Leichen vorm eigenen Keller vergraben.«

Wir stimmten zu.

»Wo sollten wir also nächste Woche verstärkt ansetzen?«

Conny erbot sich, in Argentinien nachzuhaken, ob da endlich was zu Pruetzmann rausgekommen ist. »Der muss doch längst dort sein.«

»Wenn er nicht in Rio beim Endspiel ist«, lästerte ich. »Wie wär´s, wenn Sie, Udo, auch noch mal nach Peine fahren und die beiden Chefs und Subchefs unter die Lupe nehmen? Vielleicht habe ich etwas übersehen.«

»Danke, zu viel der Ehre. Aber ich mach´s.«

Irgendwie war er säuerlich.

»Is was?«

»Zunächst muss ich mal sagen: Ein starkes Team sind wir nicht. Jeder wurstelt hier vor sich hin.«

Wir schwiegen.

»Aber bitte. Das LKA war noch nie kooperativ. Und Ihre Rolle habe ich noch nicht ganz kapiert.«

Ich lächelte: »Einfach von außen mal reinschauen.«

Conny stand auf. »Nächstes Treffen am Dienstag neun Uhr hier?«

Ich war einverstanden und Udo nickte.

»Ich nehm dich wieder ein Stück mit«, sagte Conny im rausgehen.

»Warte bitte noch einen Augenblick. Ich muss noch mal in München anrufen.«

Tommy erklärte: »Hör zu: Wir haben einen Russen im Visier, der Menschenhandel betreibt. Offiziell hat er einen Imbiss in der Nähe des Olympiastadions. Und das ist unsere Chance. Er wird mit seinem ganzen Clan ab Sonntagmittag dort sein. Denn es werden Tausende zum Publik-Viewing erwartet. Mit viel Durst und Hunger auf Currywurst.«

»Würstchenbrater mach ich nicht. Das kriegst du nie mehr aus dem Anzug.«

Tommy lachte wenigstens. »Du selbst musst nur in seinem Privathaus die Mädchen finden, die wir dort vermuten. Gestern Nacht wurde ein Kleinbus aus Osteuropa dort beobachtet. Sechs Menschen sind ausgestiegen.«

»Junge Huren befreien. Wirklich ehrenvoll. Und wenn doch ein Wächter dort ist?«

»Dann rufst du Hilfe und die Polizei kommt. Du sagst, du bist Privatdetektiv und von einem besorgten Vater engagiert. Dir kann keiner. Ich unterschreibe dir gern eins deiner Auftragsformulare.«

»Mit Leo Tolstoi - oder wie?«

»Mit Wladimir Putin natürlich. Der macht sich doch neuerdings große Sorgen um all seine Schäfchen, die weltweit verstreut sind.«

»Das überzeugt mich jetzt.«

»Also am Sonntag ab 12 Uhr in meinem Büro?«

»Hauptsache, ich bin zum Endspiel zu Hause.«

»Versprochen.«

Conny wartete im Auto.

Als ich eingestiegen war, fragte sie: *»The same procedure as last time, James?«*

»The same procedure as last time, Miss Sophie«, nahm ich die Rolle an.

»And last, but not least, I hope«, kam die Antwort.

»Well, I'll do my very best!«, hatte ich das letzte Wort.

So war es denn auch. Nur die berittene Eskorte fehlte. Die hätten nicht schlecht gestaunt, uns schon wieder dort zu treffen. Dass wir *Dinner for one* spielen, hätten sie kaum geglaubt.

Als wir uns beruhigt hatten, fragte sie: »Was machst du in München?«

Ich erzählte von dem Einsatz.

»Ich komme mit!«

»Ich bin mit dem Motorrad da.«

»Ist es zu schwach für zwei?«

»Es ist sehr anstrengend. 600 Kilometer.«

»Ich wollte schon immer mal auf einem Bullen reiten.«

»Es ist kein Zuckerschlecken. Wir brettern mit 200 Sachen durch die Landschaft. Und du hast keine passende Kleidung.«

»Ich habe eine Freundin, die fährt irgendeine Honda und kann mir das leihen. Was brauche ich?«

»Helm, Nierenschutz, mindestens Lederjacke. Mit Hose wäre noch besser. Sag ihr, es geht um eine BMW 1200 RT.«

»Wird ihr das imponieren?«

»Bestimmt.«

»Wie viel Gepäck darf ich mitnehmen?«

»Was in eine ALDI-Tüte passt.«

Auch das konnte sie nicht abschrecken.

»Nachthemd brauche ich wohl nicht?«

»Auch auf ein Höschen kannst du meinetwegen verzichten!«

Sie startete einen neuen erfolgreichen Angriff auf meinen Testosteronspiegel.

Danach ein letzter Versuch: »Ich weiß nicht, ob ich Montag schon zurück kann.«

»Ich fahre am Sonntag mit dem Zug.« Ich gab auf.

An einem Ferienwochenende

auf der deutschen Autobahn ist wirklich kein Zuckerschlecken. Es ging aber erstaunlich gut. Vielleicht hat die WM einige vom Reisen abgehalten.

Conny hing wie ein Äffchen an mir. Ich hatte noch bei CONRAD eine Gegensprechanlage für unsere Helme besorgt, sodass ich ihre Juchzer immer wieder hören konnte. Wo früher die Zonengrenze war, fuhr ich die Raststätte an. Wir nahmen aber nur einen Kaffee und ich füllte den Tank auf.

»Das kann immer so weiter gehen«, meinte Conny.

»Macht echt Spaß mit dir«, gab ich zurück.

Vor Nürnberg legte ich noch einen Zwischenstopp ein. In München sprang Conny aus dem Sattel und reckte sich. »Ich muss sofort Pipi«, sagte sie, als wir in meiner Wohnung angekommen waren. Ich zeigte ihr den Weg und ging noch einmal zur Maschine, um sie ordnungsgemäß in der Tiefgarage zu verstauen.

Als ich zurückkam, stand Conny in meiner Schlafzimmertür und rief: »Mein Höschen habe ich auch schon aus.«

In der nächsten Stunde erfuhr ich, zu was man auch nach fünf Stunden Autobahn noch fähig ist.

Am späten Nachmittag rief Tommy an. Ob alles klar sei - ja!, ob's bei morgen bleibt - ja!, ob ich nachher mitkomme, zum Spiel um den dritten Platz? - Nein!

»Du, ich habe Besuch. Der ist nur kurz in München. Da wollen wir so viel wie möglich unternehmen.«

Tommy wünschte *viel Spaß - und bis morgen!*

Conny krabbelte an mich heran: »Was unternehmen wir denn so, junger Mann?«

115

Meine Erektion zeigte, wo es lang gehen sollte.

Als ich wieder auf die Uhr schaute, war es sechs.

»Jetzt schlage ich vor, in den *Feringasee* zu springen, da kann man nackt baden - und um diese Zeit gibt´s auch wieder Parkplätze. Anschließend geht´s in einen Biergarten bei der ›Dicken Sophie‹. Das ist ein zünftiges Lokal auf dem Weg. Das Fußballspiel wird im Bett geschaut.«

Sie hatte nichts dagegen.

Es wurde eine wunderschöne Vollmondnacht.

Wer Dritter bei der WM wurde, weiß ich schon gar nicht mehr.

Ihr Zug fuhr 11 Uhr 16.

Wir trösteten uns, dass wir uns ja am Dienstag wieder in Braunschweig treffen.

»Und bis dahin musst du ja noch in Argentinien nachgefragt haben«, frotzelte ich.

»Geht ja eh erst morgen Nachmittag. Die sind doch etliche Stunden später wach. Viel werde ich bis Dienstag nicht erreicht haben.«

»Wenn die heute gewinnen, geht gar nichts. Und wenn sie verlieren, werden Anfragen aus Deutschland verbrannt.«

Die Zugtür schwang zu. Ihr Gesicht war hinter der Scheibe kaum noch zu erkennen. In vier Stunden wird sie schon in Hannover sein.

Ich war pünktlich bei Bandmann.

Er stellte mich den Kollegen vor. Einige kannte ich noch.

»Wir sind ganz schwach besetzt, weil alles für die Fußballspiele abgestellt wurde. Wenigstens einen Hubschrauber dürfen wir bis 16 Uhr anfordern.«

»Glaubst du, wir brauchen ihn?«

»Für alle Fälle. Ich habe dir ja schon kurz erklärt, worum es geht: Der Russe mit dem netten Namen Dimitri Tarassow wohnt in Garching. Ein nettes Häuschen im Grünen, aber in wenigen Minuten auf der Autobahn. Und da kann er wählen nach Nord, West oder Süd. Wir vermuten ein Versteck im Keller. Nur das solltest du finden. Dann kommen wir schon rein.«

Sein Telefon läutete.

»Es geht los, Leute«, sagte er, als er wieder aufgelegt hatte. »Die ganze Mischpoke ist soeben zum Stadion aufgebrochen. Viel Glück an alle!«

Ich fuhr mit Tommy allein in seinem Privatauto nach Garching.

»Was treibst du dauernd in Braunschweig?«

»Einen Fall von biblischem Ausmaß verfolgen.«

Ich erzählte von den merkwürdigen Zitaten und dem Toten in der Jasperallee.

»Interessant«, war sein Kommentar. Dann waren wir am Ziel.

Erst als ich den Hubschrauber hörte,

war ich völlig beruhigt. Vorher war einiges schief gelaufen. Schon die unverschlossene Kellertür zum Garten hätte mich stutzig machen müssen. Stattdessen machte sie mich leichtsinnig. Aber der Reihe nach:

Man hatte mir einen Kapuzenpulli gegeben. Ausgerüstet mit Mikro im Halsausschnitt und Minisender in der Kapuze. Den Ohrhörer hatte ich zunächst noch in der Tasche. Zwei Mannschaftswagen und ein Technikwagen folgten in gebührendem Abstand. Sie sollten in einer Parallelstraße parken.

Wir fuhren langsam am Anwesen des Russen vorbei.

»Kaum Einsicht«, erklärte Tommy. »Nach allen Seiten dichte Hecken. Wir wissen aber, dass auf der Rückseite eine Treppe vom Garten in den Keller führt. Die ist bestimmt doppelt und dreifach gesichert. Zum Garten ist aber auch eine Terrasse. Unser V-Mann, als Heizungsmonteur verkleidet, hat berichtet, dass es dort nur eine normale Hebeltür gibt. Da solltest du ansetzen.«

»Wenn ich die Frauen gefunden habe - was dann?«

»Einfach nur per Mikro sagen, was du siehst. Ob sie dir feindlich und ängstlich gegenüberstehen. Oder mit freudiger Hoffnung. Wie viele es sind und so. Wir kommen dann schon dazu. Inklusive Staatsanwalt.«

»Toi, toi, toi.«

»Hört man mich?«, fragte ich noch ins Mikro und hielt den Knopfhörer ans Ohr.

»Alles Roger«, kam als Quittung.

Die Straße war menschenleer, als er mich absetzte. Sonntagmittag im Münchner Umland. Mit einer Flanke übers Tor war ich auf dem Grundstück und nach ein paar Schritten von außen nicht mehr zu sehen.

»Ich bin jetzt an der Kellertreppe angekommen«, gab ich Bericht. »Die Terrassentür ist gekippt. Der Herr fühlt sich wohl sehr sicher im Reich der Bösen. - Spaßeshalber versuch ich mal die Kellertür. - Mensch, ihr glaubt es nicht: Die ist unverschlossen. - Ich seh in einen dunklen Gang. Muss mich erst gewöhnen. - Stimmen sind zu hören. - Ich geh jetzt rein. - Hier unten wird ganz schön geraucht. - Der Einsatz ist gesundheitsschädlich. Das nur für die Prämienberechnung«, gab ich leise meinen Bericht.

Ich hörte weiter Stimmen in einer fremden Sprache, also wahrscheinlich russisch oder ukrainisch, sah aber niemanden.

Links und rechts waren Türen. Hinter der ersten war der Heizungskeller. Auch die zweite ließ sich öffnen. »Vorratskeller«, meldete ich mich. »Hier drin sind die Stimmen sogar lauter. - Bin wieder draußen. - Von links kommt jetzt die Treppe von oben. - Hier mündet alles in einer Art Partykeller. Mit Bar, Kaffeemaschine, sogar noch warm. - Keine Frauen in Sicht.«

Hinter mir wurden die Stimmen wieder lauter. Sie kamen eindeutig aus dem Vorratskeller.

Ich schlich zurück, öffnete die Tür einen Spalt - und blickte in die verdutzten Augen einer Frau. Sie drehte sich um und verschwand hinter einem der Regale.

»Habe eine versteckte Tür im Vorratskeller gefunden. Dahinter mehrere Frauen. Ich gehe rein.«

Raus kam ich dann nicht mehr. Jedenfalls nicht ohne fremde Hilfe, denn die Tür hinter mir wurde von außen zugeschlagen und ich hörte, wie ein Riegel vorgeschoben wurde.

Ich steckte den Hörknopf ins Ohr und rief: »S-O-S. Hört ihr mich?« Keine Antwort.

»Tommy, Zentrale - hört ihr mich? Ich bin im Keller gefangen.«

Nichts. Offenbar war das Gefängnis abgeschirmt. Damit man nicht mit einem Handy Kontakt nach draußen aufnehmen konnte.

Blieb nur abzuwarten und zu hoffen, dass sie draußen meine letzten Hinweise noch gehört haben.

Erst jetzt schaute ich mich näher um. Der Raum war etwa 20 Quadratmeter groß. Sechs Frauen saßen und standen um einen Tisch und starrten mich an. Keinesfalls wie einen ersehnten Retter.

»Grüß Gott«, sagte ich mit freundlichem Lächeln.

Eine antwortete: »Nix deutsch spreche.«

»Ist mir klar. Russia?«

»Nix Russia. Ukrainski.« Dann die Gegenfrage: »Polizia?«

Ich nickte.

Da fing ein Geheule an, als hätte ich ein Todesurteil gesprochen.

»Polizia ist gut«, tröstete ich.

»Polizia nix gut. Nix Arbeit.«

»Polizia gut. Dmitri Tarassow nix gut«, beharrte ich.

»Dimotschka gut Mann. Viel Arbeit für Ukrainski.«

Was sollte ich sagen. Man hatte ihnen wohl ehrliche Arbeit versprochen und sie waren freiwillig aus ihrem gebeutelten Heimatland gekommen.

Ich schaute mich weiter um. Zwei Türen führten zu weiteren Räumen: Ein Badezimmer und ein Schlafraum mit drei Stockbetten. Alles eng, aber aufgeräumt. Herr Tarassow oder *Dimotschka*, wie sie ihn nannte, legte anscheinend Wert auf Ordnung. Gut Mann!

Auch die Luft hier unten war erstaunlich gut. Rauchen nur im Flur erlaubt!

Als ich endlich den Hubschrauber hörte, nickte ich den Damen zu: »Bald vorbei. Bald frei!«

Sie lächelten etwas gequält, weil sie den Sinn ihrer neuen Freiheit noch nicht verstanden hatten.

Dann draußen Geräusche. Der Riegel wurde beiseite geschoben. Ich rief laut. »Alles okay hier drin. Keine Gefahr.«

Die Tür flog auf und Tommy kam mit zwei Kollegen herein. Sie übersahen die Situation und steckten ihre Knarre weg.

Tommy nahm sein Sprechfunkgerät und befahl: »Aktion beendet. Der Heli ist dankend entlassen.«

»Das funktioniert hier unten nicht«, rief ich. »Du musst vor die Tür.«

»Ach so.« Er versuchte es draußen noch einmal: »Aktion beendet. Der Heli ist dankend entlassen. Bitte Bus und Beamtin für sechs Frauen bereitstellen. Die Mannschaft ist entlassen. Die Leitung trifft sich noch einmal am Einsatzwagen. Schönes Spiel heute Abend. Over.«

»Roger. Aktion beendet«, hörte man eine Stimme.

Wir waren jetzt im Garten angekommen. »Ich hatte schon Angst, ich müsste das Endspiel hier unten verbringen«, motzte ich.

»Versprochen ist versprochen. Wen haben wir denn da drin, hast du schon was erfahren?«

»Offenbar Ukrainerinnen, die freiwillig hier sind, weil man ihnen gute Arbeit versprochen hat.«

»Ts, ts, ts - würde mein Chef jetzt machen.«

»Ich kann mich gut erinnern. Mit diesem ts, ts, ts wollte er mich zum Bleiben überreden.«

Auf dem Weg zum Einsatzwagen erzählte er dann, wie sie den Kontakt zu mir verloren hatten, aber noch gehört haben, wo ich mich zuletzt aufhielt. Er gab sofort Alarm und forderte den Heli an, um eventuelle Fluchtautos zu verfolgen. Kaum waren meine Signale verstummt, lief nämlich ein Mann aus dem Haus und rannte zu einem parkenden Auto. Er muss sich in der Wohnung oben aufgehalten haben. Wir haben ihn an der nächsten Ecke geschnappt.«

»Wäre ich über die Terrasse eingebrochen, wäre es vielleicht nicht so glimpflich verlaufen. Der hätte mich doch seelenruhig erwartet und fertiggemacht.«

»Mit Sicherheit. Er sah nicht wie ein Spaßvogel aus.«

Im Einsatzwagen saß der Staatsanwalt.

»Gute Arbeit«, begrüßte er uns. »Der Haftbefehl ist ausgestellt. Sie können den Herrn gleich festnehmen. Oder soll er noch ein paar Würstchen verkaufen?«

»Damit er seine Kaution zahlen kann?«

»Bei der Fluchtgefahr ist die wohl unbezahlbar.«

Tommy fragte, ob ich noch mitkomme. Aber ich lehnte dankend ab. Er übergab mich Kollegen, die zurück ins Präsidium fuhren.

»Passiert ist noch nichts!

Selbst die Zeitung schweigt vor sich hin.« In meinem Büro hatte ich Hedi angerufen und diese Auskunft erhalten.

»Wenn man nicht alles selber macht!« gab ich zurück. »Wo schaust du denn das Spiel?«

»Mit ner Freundin in unserem Fitnessklub. Die haben einen Großbildschirm. Ne ganz gemütliche Sitzecke. Und nicht so viele Schreihälse.«

»Aber auch keinen Rotwein?«

Sie lachte. »Nee - Erdinger Weißbier!«

Wir wünschten uns viel Spaß und einen deutschen Sieg.

»Ach so«, rief sie noch, bevor ich aufgelegt hatte. »Bist du noch dran?«

»Ja. Ich höre. Was gibt´s noch?«

»Bruene-Hubbach hat angerufen. Am Montag um 17 Uhr ist die Beisetzung von Kornmann. Auf dem Friedhof Gliesmarode, das ist hier ein Stadtteil. Kornmanns haben da ein Familiengrab. Wir gehen hin. Oder?«

»Klar komme ich mit. Bin mittags zurück und gespannt, wer sonst noch auftaucht?«

»Hinterher habe ich Karten für Open-Air. Auf dem Burgplatz bringen sie die *West-Side-Story*.«

»Toll! Freue mich.«

»Hoffentlich spielt das Wetter mit. Mach´s gut.«

Das Gespräch mit Conny dauerte länger. Sie war gerade nach Hause gekommen und freute sich, dass ich noch lebe. Ich musste ihr haarklein den Ablauf der Aktion erzählen.

»Da hast du dich doch in eine Riesengefahr begeben?«

»Eine einschätzbare und eine, die gut abgesichert war. Mein Freund Tommy stand doch draußen immer bereit.«

Dann sprachen wir noch über unseren Fall. Schließlich waren wir ja doch zwei Polizisten.

»Ich habe während der Fahrt noch einmal über alles nachgedacht«, begann Conny. »Wir haben uns viel zu wenig um diesen Bruene-Hubbach gekümmert. Der, beziehungsweise seine Stiftung ist der Hauptnutznießer vom Tod des Kornmann. Er kann als katholischer Ordensmann fließend Latein, ist bibelkundig, hat mit dem argentinischen Sumpf zu tun ...«

»Steckt aber, nach eigenen Angaben, keinesfalls drin«, unterbrach ich sie.

»Für mich passt er wie gemalt in das Täterprofil. Ich möchte ihn zur nächsten Sitzung einladen. Und gleichzeitig das Treffen auf Mittwoch verschieben.«

»Keine Einwände von meiner Seite.«

»Mein holder Ehemann kommt nämlich nachher. Will mit mir zusammen bei einer Flasche Wein das Endspiel sehen. Dienstag muss er nach Stockholm. Wo und mit wem schaust du denn?«

»Auch mit ner Flasche Wein - im Bett.«

»Nein.«

»Na, nicht ganz. Bin aber Zuhause. Will morgen ganz früh los. Nehm diesmal den Wagen.«

»Behalt mich lieb!« Ich versprach´s.

Bereits zur Mittagszeit

war ich in Braunschweig. Unterwegs fiel mir diese Bunkerge-schichte wieder ein.

Kurz entschlossen fuhr ich zum Nussberg, stellte mein Auto vor einem Sportgelände ab und stieg aufwärts. Auf einem schmalen Waldpfad geschah dann mein Wunder von Braunschweig:

»Wenn ich Ihnen den Eingang zeige? Was bekomme ich dann?« Ein kleiner Junge - ich schätzte ihn auf zehn oder elf - war hinter einem Baum hervorgetreten und stellte mir diese Frage.

Für Sekunden fühlte ich mich an Saint-Exupéry erinnert, dessen *Kleiner Prinz* ihn auch so überraschend ansprach.

»Welchen Eingang meinst du denn?«, fragte ich dann auch ganz selbstverständlich zurück.

»Zum Bunker dort unten.« Er zeigte auf seine Füße.

»Den kenne ich doch schon. Der ist doch verschlossen.«

»Ich meine den geheimen Eingang, den niemand kennt. Nur ich.«

Er machte mich neugierig und ich versprach ihm fünf Euro.

Er nickte, drehte sich um und kroch unter einer Hecke hindurch, die ihn schnell verbarg.

»Kommen Sie!«

Ich folgte mit wachsendem Interesse. Im Laub war kein Fußpfad zu erkennen. Der Junge schritt aber zielstrebig wei-ter. Immer wieder war er von Büschen verdeckt. Endlich, nach geschätzten 30 Metern durchs Gehölz, stand er vor einem massigen Steinquader.

»Hier ist es.«

Foto: Autor

Ich war enttäuscht. »Was ist hier?«

»Der Eingang.«

»Ich sehe nichts.«

»Den müssen Sie aufmachen. Mir ist er zu schwer. Hier ist der Griff.«

Der Quader mit einer Kantenlänge von etwa einem Meter hatte an der Seite eine Mulde, die man als Griff nutzen konnte. Er ließ sich wirklich wie ein Deckel aufklappen. Nach einem bestimmten Punkt ging es sogar leichter. Das kam von einer Art hydraulischem Gestänge, wie wir es von der Heckklappe am Auto kennen. Alles wirkte intakt, also keinesfalls im Lauf der Jahre angerostet. Ein dunkler Schacht führte in die Tiefe. An der Wand waren kräftige Krampen als Griffe und Tritte angebracht.

Wahrscheinlich damals ein Notausstieg, falls der Bunkereingang verschüttet war.

Ich war fassungslos.

Langsam ließ ich den Deckel zurückgleiten und wandte mich an den Jungen.

»Wie heißt du?«

»Miro. Wegen Klose.«

»Ah, guckst du auch jedes Mal, wenn er spielt?«

»Nur am Tag. Nachts darf ich nicht. - Und du? Wie heißt du?«

»Larry. Sag mal Miro, wie hast du das entdeckt?«

»Verrätst du mich auch nicht?«

»Niemals!«

»Ich suche alte Munition. Da liegt hier immer noch viel herum. Und neulich bin ich gestolpert und vor dieses Ding gefallen. Da sah ich dann diese Scharniere. Aber auf hab ich es nicht bekommen.«

»Was machst du denn mit der Munition?«

»Ich kenne einen Schrotthändler, der gibt mir für jede Patrone 50 Cent. Darf ich aber auch nicht verraten.«

»Hast du ihm denn von diesem Eingang erzählt?«

»Nein.«

»Wem hast du es denn erzählt?«

»Noch keinem. Ich wartete auf jemand, der ehrlich aussieht und Zeit hat«, sagte er ganz ernsthaft.

»Vielen Dank für das Kompliment. Hast du schon einmal gesehen, wie hier jemand einsteigt?«

»Nie. Ich glaube, die kommen nur nachts. Machen auch das Laub immer wieder hin. Ich habe schon einmal ein Stöckchen über den Deckel gelegt. Am nächsten Tag war es runtergerutscht.«

»Sehr schlau von dir. Wo wohnst du denn?«

»Im Siegfriedviertel.«

»Und wie kommst du hierher?«

»Ich gehe da unten zur Schule. In die IGS.«

»Was heißt IGS.«

Jetzt bekam er doch Zweifel an meiner Eignung als Vertrauter.

»Das muss man aber wissen, als Erwachsener. Integrierte Gesamtschule.«

»Ich bin ja nicht von hier.«

»Ach so.«

»Was machen denn deine Eltern.«

»Mein Papa ist geschieden und meine Mama arbeitet bei LIDL.«

Ich zog mein Portemonnaie und gab ihm einen Zehner. Er blickte fragend.

»Jetzt hör mal zu, Miro. Hier ist ein Zehner. Den hast du dir verdient. Und weil ich wirklich ehrlich bin, mach ich dir einen Vorschlag: Wir fahren jetzt in einen Laden und kaufen eine Taschenlampe. Und dann steigen wir beide da ein. Du darfst aber keiner Menschenseele davon erzählen. Einverstanden?«

Er faltete den Zehner klein zusammen.

»Einverstanden.«

»Was machst du mit dem Geld?«

»Ich brauche ein Smartphone für Whatsapp. Die ganze Klasse hat schon eins. Frau Winter leiht mir manchmal eins von der Schule. Ich brauch aber ein eigenes.«

»Sehr gut«, lobte ich.

Ich gab ihm meine Karte. Hier sind meine Telefonnummern. Wenn du dann ein Handy hast, ruf mich mal an.«

»Mach ich.« Er faltete auch die Karte klein und steckte sie zu dem Zehner.

Dann lotste er mich sicher zu einem real-Markt, wo ich eine starke LED-Lampe erstand. Und eine Tafel Schokolade, die wir uns während des Abenteuers teilten.

Krampe für Krampe ging es abwärts.
Eine Schrecksekunde überfiel mich, als ich zum ersten Mal allein an meiner Prothese hing und mit der anderen Hand nach unten griff. Das unsichere Gefühl ging aber rasch vorbei. Wie oft hatte ich schon vergessen, dass ich überhaupt eine Prothese habe.

Kühle, aber modrige Luft umfing uns. Am Boden des Schachts öffnete sich ein schmaler Gang. Im Kegel meiner Lampe sah ich rauen Beton, der wie ein umgedrehtes L die Decke und eine Wand bedeckte. An der anderen Seite stemmten sich Holzbohlen und eiserne Stützen gegen das Erdreich.

Langsam tapsten wir uns vorwärts. Miro hatte meine Hand ergriffen. Nach 30 Schritten mündete der Gang in einen kleinen Kuppelsaal, in dem die Luft spürbar besser war. Die alte Lüftung schien noch zu funktionieren. Während mein Lichtstrahl plötzlich über eine Einrichtung wanderte, die mehr nach Party als nach NS-Kreisleitung aussah: Zwei Biertisch-Garnituren waren aufgebaut.

Ein Tisch war zum Schreibtisch umfunktioniert, statt Bank ein Klappstuhl davor. Neben einer alten Schreibmaschine stand eine Camping-Gaslampe mit schwerem Gusseisenfuß, deren Schlauch zu einem leuchtend roten Propangasbehälter führte. Daneben lag ein Feuerzeug. Mit wenigen Handgriffen hatte ich das Ding in Gang gesetzt und den Raum in helles Licht getaucht. Donnerwetter.

Hier hatte sich jemand ein kleines Refugium eingerichtet. Aus Teilen, die durch den Schacht passen mussten. Zwei Kästen mit Mineralwasser. Ein kleines Regal aus vier YTONG-Steinen und zwei Brettern. Zwei große Karteikästen. In einem Karton lag weißes Papier. Mit Briefkopf. Der

WERWOLF NORD hat sich hier offenbar einen Treffpunkt geschaffen. Auf entsprechend kontaminiertem Boden und unbemerkt von Recht und Gesetz.

Die vier Bierbänke bildeten ein Karree um den zweiten Tisch. 16 Typen konnten hier locker in dumpfer Eintracht zusammensitzen und finstere Pläne schmieden.

Die eine Wand des Bunkers war wie eine Pinnwand beklebt mit Zeitungen, Briefen, Notizen und Fotos. In die hintere Wand war eine Stahltür eingelassen.

Sie ließ sich problemlos öffnen. Fast hätte ich sie wieder zugeschlagen: Ein eiskalter Hauch wehte mir entgegen. Ich ließ den Strahl meiner Taschenlampe durch den Raum gleiten und bekam ihn tausendfach zurückgeworfen: Bis unter die Decke funkelten Eisschollen, die hier wohl seit Kriegszeiten eingelagert waren und eine Art Permanentfrost bildeten. Schnell zog ich die Tür wieder zu.

Als nächstes nahm ich mir mit der Taschenlampe die Pinnwand vor. Es waren tatsächlich brisante Daten, an die

Foto: Privat

131

hier erinnert wurde. Meistens durch Dokumente oder Zeitungsausschnitte. Ich zog mein Handy und machte ein Foto:

Inzwischen hat Miro interessiert die alte Adler-Schreibmaschine inspiziert. Ich bat ihn, nichts mehr zu berühren, um keine Fingerabdrücke zu verwischen.

»Ist das hier ein Tatort?«, fragte er verständnisvoll.

»Kann einer werden. Deshalb sollten wir nichts verändern.«

Als wir wieder draußen waren, versprachen wir uns mit ›großem Ehrenwort‹ Stillschweigen über unsere Entdeckung. Ich musste ihm aber gestehen, dass ich irgendwann zur Polizei damit muss.

»Aber erst, wenn ich mehr weiß.«

Er hatte sein Fahrrad an der Schule. Da stand auch mein Auto. Wir teilten das letzte Stück Schokolade und ich gab ihm meine Handynummer. Dann fuhr jeder seines Weges.

Er hat sich leider bis heute nicht bei mir gemeldet.

Ich musste zum Friedhof.

Hedi wartete schon auf dem kleinen Parkplatz. Ich war erstaunt, dass nur zwei Wagen neben unseren standen. Es war schließlich kurz vor fünf.

In der kleinen Kapelle war ähnliche Leere. Vor der Urne stand ein Foto von Christoph Kornmann. Brustbild im blauen Sommeranzug mit gelber Fliege. Daneben, auf einem Gestell, ein großer Kranz, der eher an Advent erinnerte: Grüne Tannenzweige waren mit wenigen dunkelroten Rosen besetzt.

SBH in schwarzem Anzug, schwarze Fliege mit silbernen Nadelstreifen, richtete gerade die Schleife. Auf dunkelrotem Grund stand in weiß: *Wir vergessen nicht! Fundación Fuente Argentina.*

Das fehlende Pronomen war wohl der spanischen Muttersprache des Auftraggebers geschuldet, machte aber den Satz fast zu einer Drohung.

In der ersten Reihe saß noch Paolo Brandner, der Bodyguard. Ebenfalls in Schwarz, mit schwarzer Krawatte und etwas abseits ein Friedhofsangestellter in einer Art Uniform.

In der dritten Reihe saß eine ältere Dame, sicher die Putzfrau. Sie zeigte ihre Trauer durch ein schwarzes Kopftuch und ein Taschentuch, mit dem sie hin und wieder ihre Augen betupfte.

Brandner nickte uns zu. Während Bruene-Hubbach mit ernstem Gesicht auf uns zu kam.

»Danke, dass sie gekommen sind. So sind wir nicht ganz allein. Ich besitze als Superior die *Missio canonica*, kann ihn also selbst aussegnen. Wenn sie ein Abschiedswort -?«

Wir schüttelten beide den Kopf.

Der Angestellte drückte jetzt einen Knopf und es ertönte Orgelmusik. *Toccata und Fuge in d-Moll von Bach*, erkannte ich. Also ganz konservativ. Zu sechst lauschten wir dem etwa zehnminütigen Konzert.

Als der letzte Ton verklungen war, stand der Superior auf und stellte sich neben die Urne.

»*Dominus pedes sanctorum suorum servabit et impii in tenebris conticescent quia non in fortitudine roborabitur vir*«, begann er seine Rede. Dabei schaute er mich an und es schien mir ein wenig Hohn in seiner Stimme zu liegen.

»Verehrter Christoph Kornmann«, fuhr er fort. »Der Herr wird behüten die Füße seiner Heiligen, aber die Gottlosen müssen zunichte werden in Finsternis; denn viel Vermögen hilft doch niemandem. So steht es geschrieben bei dem Propheten Samuel.

Als wir uns vor vielen Jahren kennenlernten, auf einem Schiff in der Karibik, also nahe am Paradies, konnten wir nicht ahnen, dass wir heute so auseinandergehen. Vielleicht bist du jetzt im Paradies. Vielleicht aber auch ganz woanders. Wir können es nicht wissen. Jedenfalls wolltest du nicht den Würmern zum Fraße werden und hast verfügt, als Asche der Erde übergeben zu werden. Bevor wir diesen letzten Wunsch erfüllen, werde ich noch einmal unsere gemeinsame Zeit an meinem inneren Auge vorüberziehen lassen.«

Er schloss jetzt wirklich die Augen und schwieg eine Weile vor sich hin. Anders kann ich es nicht ausdrücken..

Als er sie wieder geöffnet hatte, sagte er nur noch: »Adios. Und danke, was du für die Stiftung getan hast. Dein Vermögen wird vielen helfen.«

Eine lakonischere Trauerrede habe ich selten gehört.

Er gab dem Angestellten ein Zeichen. Der stand auf, ergriff die Urne und schritt feierlich vor uns her zum Grab.

Eine große Marmortafel zeigte nur die Inschrift: *Familie Kornmann. Gottgefällig und gerecht.*

Nachdem die Urne in einer Grube versenkt war, durften wir noch eine kleine Schippe Erde nachwerfen. Dann war die Feier vorüber.

Wir reichten uns stumm die Hände und gingen weiter zu unseren Autos. Auf dem Weg fragte ich die Unbekannte, ob sie die Polizei benachrichtigt hätte.

Sie bejahte. Unsere Vermutung war also richtig.

»Hat Herr Kornmann Ihnen wenigstens etwas hinterlassen?«

»Danke. Er war sehr großzügig.«

Damit war auch dieses Gespräch beendet.

Kaum im Wagen bekam Hedi einen hysterischen Lachanfall. »Ich muss gerade daran denken: Angst vor Würmern - und dann nackt unter der Jasperallee.«

»Zur Abwechslung siehst du jetzt gleich euern Löwen nackt unter New-Yorker Jugendgangs. Das Mucical wird dich auf andere Gedanken bringen.«

Langsam hatte sie sich wieder gefasst: »Wenn er gut zuhört, kann er noch was lernen: Schließlich begreifen die Gangs am Ende, dass es sich nicht lohnt, wegen ihrer Konflikte Menschenleben zu opfern. Sie tragen ja gemeinsam die Leiche von Tony davon.«

»Gut gebrüllt, Löwe«, konnte ich nach der Aufführung sagen. Sie spielten tatsächlich auf einer Bühne, die ›über den Dächern von New York‹ angesiedelt war. Der Löwe war unter einem Gestell verborgen.

Wir fuhren, trotz der vielen Toten, echte und gespielte, die es heute gab, beschwingt nach Hause.

»I just met a girl named Maria«, sang ich halblaut.

»Das wüsst ich wohl«, bemerkte Hedi.

Ich dachte an Conny, doch eine Silbe fehlte.

Na gut, Cor-ne-lia!

Hedi hatte die Idee,

zum Empfang der Weltmeister nach Berlin zu fahren. Aus der prognostizierten Fahrzeit von zwei Stunden wurden allerdings gute drei. Wir waren um sieben losgefahren. Als wir um kurz nach zehn in Berlin waren, befragte Hedi ihr Smartphone und meldete, dass die Mannschaft noch im Landeanflug sei.

Wir fuhren ein bisschen außen herum bis zum Bahnhof ›Gesundbrunnen‹ und stiegen dort in die U-Bahn zum Zentrum des Geschehens.

Zum Schluss wühlten wir uns durch glückliche Menschen bis in Sichtweite des Brandenburger Tors. Den Rest beobachteten wir an großen Monitoren. Fasst zwei Stunden verbrachten wir mit gut gelaunten Berlinern und warmem Bier, bis das Team um Juri Löw auf der Bühne stand. Der Freudentaumel war ansteckend.

Als die Herren Kroos, Weidenfeller und Co. Ihren Gauchotanz vollführten, schauten wir uns an.

»Bin gespannt, was SBH dazu sagen wird?« Hedi musste dicht an mein Ohr, damit ich sie verstehen konnte.

»Er wird freundlich lächelnd die Deutschen verstehen«, gab ich zurück. Wir beide hatten keine Probleme mit der Show.

Am Abend waren wir wieder in Braunschweig und ließen den Tag im Biergarten ausklingen.

136

Als ich zur Sitzung kam,

saßen Conny, Udo und eine weitere Frau hinter dampfenden Kaffeetassen.

Die Neue wurde mir als Protokollantin, Frau Bertram, vorgestellt. Das Angebot, mir auch Kaffee zu bringen, lehnte ich dankend ab.

»Wir reden gerade«, sagte Conny. »Vielleicht hast du den Namen schon gehört? Gerd Voss ist tot. Einer der größten deutschen Schauspieler. Ein unersetzlicher Verlust.«

»Ach«, sagte ich. »Erst neulich hat Hedi von ihm gesprochen. Er war ja auch mal hier engagiert. Nein, ich kannte ihn nicht.«

»Und als letzte Rolle soll er im Film den Generalstaatsanwalt Bauer gespielt haben«, ergänzte Frau Bertram. »Der hat ja auch in Braunschweig seinerzeit einen berühmten Prozess gegen Neonazis geführt. Ihm wurde kürzlich hier ein Platz gewidmet.«

»Fritz Bauer ist sogar mir als Münchner ein Begriff. Der Mann, der den Auschwitz-Prozess initiierte.«

»Und mit dem Thema müssen wir uns leider bis heute befassen«, erinnerte Conny an den Grund unseres Treffens.

Das Flipchart stand bereit, war aber inzwischen mit lila Filzstift erweitert worden.

Etliche Pfeile zielten unbarmherzig auf den Superior Berthold Bruene-Hubbach. Nach diesem Schaubild musste man ihn sofort verhaften.

»Ihr könnt noch einen Tatbestand dazu schreiben: Er hat den gleichen Vornamen wie unser Berthold Heilig.«

Von der Entdeckung des Bunkers sagte ich noch nichts.

Udo stand tatsächlich auf und trug den Namen ein.

Das Ganze sah jetzt etwa so aus:

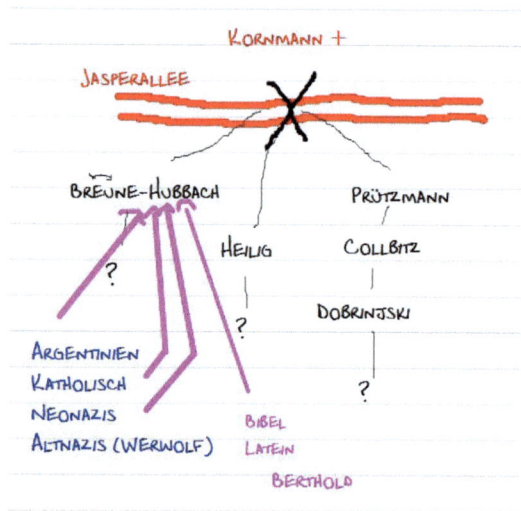

»Großartig«, gab ich mein Urteil ab. »Jetzt muss er nur noch gestehen.«

»Er wird in einer halben Stunde hier sein«, erklärte Udo. »Aber ich habe ein anderes Problem.« Er hob eine Zeitung hoch: »Die Presse schimpft. Ich lese mal vor, was der Chef dort schreibt. Überschrift: ›*Der Rest ist Schweigen?*‹ - Mit Fragezeichen. Und dann: *Am Staatstheater proben sie gerade den Hamlet. Der lässt nicht locker in Sachen ›Vatermord‹. Im September soll Premiere sein. Solange wollen wir keinesfalls warten, bis wir erfahren, was in der Jasperallee passiert ist. Empörte Anwohner melden uns, dass sogar ein bereits fertiges Stück der Straße wieder aufgerissen wurde. Und die Polizeidirektion mauert. Polizeitaktische Gründe werden angeführt. Man wolle die Bevölkerung nicht unnötig beunruhigen. Dabei ist es gerade das Schweigen, das hier Unruhe auslöst. Es öffnet wilden Spe-*

kulationen Tür und Tor. Die einen munkeln von rechtem Terror, die andern von homosexueller Beziehungstat. Wir wollen nur wissen: Was geschah wirklich in der Jasperallee? Da lassen **wir** *nicht locker.«*

Udo legte die Zeitung wieder hin.

»Werft ihm halt wieder ein paar Brocken hin«, meinte Conny. »Keine Beziehungstat, kein islamistischer Terror, kein Arbeitsunfall und so. Einfach Ausschlussmeldungen. Das stellt sie ruhig.«

Udo seufzte.

Conny schaute mich an und fragte scheinheilig: »Wie war dein Münchentrip?«

»Erfolgreich.« Kurz erzählte ich von dem Einsatz.

Dann war Fußball dran. Ich schilderte unseren Ausflug nach Berlin. Wir waren uns einig, dass Deutschland verdienter Weltmeister geworden ist. Und den Gauchotanz fand nur Frau Bertram anstößig.

»So etwas macht man nicht mit den Besiegten.«

»Jetzt können wir den Superior gleich mal testen, wie deutsch er wirklich fühlt? Er war ganz von Messi und Di Maria überzeugt.«

»Hast du mit einem Verdächtigen über Fußball diskutiert«, witzelte Conny.

»Aus rein taktischen Gründen«, gab ich zurück. »Außerdem war er da noch gar nicht verdächtigt.«

»Udo, ich muss Ihnen noch etwas erklären«, sagte Conny unvermittelt. »Ich duze Larry, weil er nicht mehr zur Truppe gehört. Mit Ihnen bin ich zu oft auf dem Dienstweg. Deshalb möchte ich beim ›Sie‹ bleiben.«

»Kein Problem«, meinte Udo.

Ich sagte nichts. Auch weil jetzt Superior Berthold Bruene-Hubbach den Raum betrat.

Nachdem sich alle begrüßt

und vorgestellt hatten, begann Udo das Gespräch: »Herr Bruene-Hubbach, Sie sind Argentinier und Deutscher. Wie fühlen Sie sich heute. Nach dem Spiel?«

»Ich habe mit der argentinischen Mannschaft gelitten und mich für die deutsche gefreut. Ich gebe auch zu, dass Messi den ›Pokal als bester Spieler‹ diesmal nicht verdient hat. Und mehr möchte ich über Fußball hier nicht reden.«

»Eine Frage noch: Haben Sie den Gauchotanz gestern gesehen? War das verletzend für einen Argentinier?«

Er lächelte: »Wissen Sie, wenn Argentinien feiert, passieren ganz andere Sachen.« Er sagte nicht, was.

Udo wurde jetzt amtlich: »Herr Bruene-Hubbach, das ist hier eine formlose Befragung in der Sache Kornmann. Sie müssen gar nichts sagen oder können einen Anwalt anrufen oder einfach unsere Fragen beantworten. Wir nehmen ein Protokoll auf, sind uns aber einig, dass Sie alles anfechten können.«

SBH antwortete nur: »Bitte sehr. Ich stehe zu Diensten!«

Conny schaute in ihre Notizen und fragte dann: »Herr Bruene-Hubbach. Wie würden Sie denn den Satz ›*Aber in die Unterwelt wirst du hinabgestürzt, in die tiefste Grube!*‹ ins Spanische übersetzen?«

Er lächelte: »Ist das ein Examen? Es gibt da einige Möglichkeiten. Das Wort Unterwelt kann mit *Inferno*, wie Sie es bei Dante kennen, gleichgesetzt werden. In spanisch *infiernos*. Unterwelt kann aber auch die Welt der Verbrecher meinen. Spanisch hätten wir da: *bajos fondos* oder *mundo del hampa*.«

Conny schaute etwas irritiert. Ich half ihr. »Kennen Sie zufällig die Prophezeiung des Jesaja zum Sturz des Königs von Babylon?«

»Ich bitte Sie, ich bin bibelfest erzogen«, sagte er freundlich. »Sie meinen Jesaja 14, Vers 15 auf spanisch?«

Ich nickte.

»*Mas tú derribado eres en el sepulcro, a los lados del abismo*«, kam es prompt. Es stimmte haarklein mit dem Text aus der Mail überein. »Ich habe die Mails von Herrn Kornmann auch gelesen.«

Conny schaute ratlos. Rückte heftig ihre Brille zurecht, als sei die an allem schuld. Udo blickte starr auf seinen Block. Ich stand auf.

»1:0 für Sie!«, sagte ich.

Er lächelte: »Revanche für Rio?«

»Wenn Sie es so wollen.« Jetzt drehte ich das Flipchart so, dass jeder es sehen konnte.

»Das ist unsere Situation heute, Herr Bruene-Hubbach. Können Sie dazu etwas sagen?«

»Ja, natürlich: Alle Pfeile deuten auf mich. Wie hieß der Mensch, der damals alle Pfeile auf sich gezogen hat?«

»Ich weiß, wen Sie meinen. Waren aber Speere. Komm gleich drauf.«

Udo tippte in sein Tablet.

»Winkelried!«, rief ich. »Ein Schweizer.«

»Er hat mal Literatur studiert«, erklärte Conny etwas süffisant.

Udo hatte es jetzt auch gefunden: »Arnold Winkelried«, las er vor. »Gestorben angeblich 9. Juli 1386 in Sempach, ist eine mythische Figur, die in der Geschichte der Schweiz eine Rolle spielt. Er soll am 9. Juli 1386 bei der Schlacht von Sempach ein Bündel Lanzen der entgegenkommenden habsburgischen Ritter gepackt und, sich selbst aufspießend, den Eidgenossen eine Bresche geöffnet haben. Sein Opfer soll der Schlüssel zum eidgenössischen Sieg gegen die Habsburger gewesen sein …«

»Wo sind wir hier eigentlich - in einem Historiker-Seminar?«, fragte Conny.

»Soll das alles ins Protokoll?«, fragte Frau Bertram.

»Rein kann, dass Herr Bruene-Hubbach auch in der Schweizer Geschichte bewandert ist«, regte ich an.

»Ich gebe zu, dass ich eine hervorragende Schulbildung genießen durfte. Dank katholischer, deutscher und auch schweizer Unterstützung. Aber was möchten Sie heute von mir?«

»Wem wollen Sie die Bresche öffnen? Wer sind Ihre Eidgenossen?«

»Das Bild ist falsch. Ich bin hier nur Zielscheibe.«

»Wir suchen eine Erklärung für den Tod von Herrn Kornmann«, nahm Conny das Gespräch wieder auf. »Sie sind nicht nur der Hauptnutznießer, sondern erfüllen auch etliche zusätzliche Verdachtsmomente. Das macht uns Sorgen.«

Herr Bruene-Hubbach lächelte wieder: »Sich sorgen ist gut. *Doch sorgt nicht für den andern Morgen; denn der morgende Tag wird für das Seine sorgen. Es ist genug, dass ein jeglicher Tag seine eigene Plage habe.* Matthäus 6, Vers 34. Mich zu verdächtigen ist nachvollziehbar, wenn man ihre Kriterien betrachtet. Ich kann ihnen jeden einzelnen Punkt bestätigen. Ja, ich bin Argentinier. Ja, ich kann Latein und Spanisch. Ja, ich bin bibelfest. Ja, ich habe Alt- und Neonazis kennengelernt. Sie müssten mir aber die Befehlsgewalt über einen Baggerfahrer nachweisen, um mich wirklich zu verdächtigen. Haben sie da etwas?«

»Noch nicht«, sagte Udo Wallenberg ärgerlich. »Aber wir arbeiten dran.«

»Rennen Sie nicht zu lange in die falsche Richtung, junger Mann. *Via stulti recta in oculis eius qui autem sapiens est audit consilia.* Sprüche Salomons.«

»Ich habe kein Latinum«, bemerkte Udo trotzig.

142

»Dem Narren gefällt seine Weise wohl; aber wer auf guten Rat hört, der ist weise. So ungefähr heißt es frei bei Luther.«

»Soll das alles ins Protokoll?«, fragte Frau Bertram genervt.

»Nein«, sagte Conny. »ich glaube, wir können Frau Bertram entlassen. Oder wollen Sie noch eine Erklärung abgeben, Herr Bruene-Hubbach?«

Er stand auf und sagte feierlich: »Nicht schuldig!«

»Es wäre schön, wenn Sie sich dennoch in nächster Zeit zu unserer Verfügung halten könnten.«

»Ich habe nicht die Absicht, in nächster Zeit Deutschland zu verlassen.«

Frau Bertram ging mit ihm hinaus. Wir drei blieben etwas zerknittert zurück.

»Wir haben ja wirklich nichts«, begann Udo. »Haben die Argentinier noch keine Nachricht zu Pruetzmann?«

»Er ist gelandet. Das steht fest«, erklärte Conny. »Aber sie konnten ihn noch nicht vernehmen. Er ist untergetaucht.«

»Sauber!«

»Unser Mann drüben bittet noch um etwas Geduld. Wegen des Fußballs seien alle etwas geschockt. Und Schock heißt nicht nur in Argentinien: Nix Arbeit.

»Sauber!«, sagte Udo noch einmal.

»Ich schlage vor, dass wir erst wieder zusammenkommen, wenn sich neue Fakten ergeben haben.«

Der Vorschlag wurde angenommen. In diesem Moment ging sein Telefon.

»Wallenberg, Kripo Braunschweig. - Ja. - Ja. - Danke!«

Er legte auf und starrte auf die Tischplatte.

»Was Schlimmes?«, fragte Conny.

»Sie haben soeben den zweiten Toten aus der Jasperallee gebuddelt. Ein Martin Kamphagel, der Vermisste aus Goslar. Er muss zwei Nächte vorher dort begraben worden sein. Nackt. Mit den gleichen Insignien. Wenigstens die Baustelle kann jetzt geschlossen werden.«

Er ging zum Flipchart und schrieb *Martin Kamphagel* neben Kornmann.

»Da hat euer Pressesprecher jetzt ein Problem«, bemerkte ich.

»Zugeben«, riet Conny. »Bandenmord, Hintergründe noch unklar, rechtsradikal, aber auch mafiöses Umfeld möglich. Salafisten unwahrscheinlich. Totale Aufklärung versprechen. So würde ich vorgehen. Für unsere Arbeit gibt es keine Änderung.«

»Doch«, kam von Udo und dabei sah er mich etwas merkwürdig an. »Ich werde selbst nach Goslar fahren, um mehr zu den Hintergründen zu erfahren.«

»Guter Gedanke!«

Wir verabschiedeten uns noch einmal.

Wer nun denkt, dass Conny und ich wie immer …, der irrt gewaltig. Sie überfiel mich mit einem kompletten Plan.

»Als erstes stellen wir dein Auto in eine Garage. Dann sagst du Hedi, dass du zum LKA nach Hannover musst. Du bleibst über Nacht. Dann fahren wir in die Heide. Ich kenne da ein Hexenhäuschen. Zimmer ist gebucht. Eine Zahnbürste für dich habe ich auch schon. Noch Fragen?«

»Aye, aye, Sir - keine Fragen.«

Am Abend bei der Heide-Hexe

und Heidschnucken-Bratwurst mit warmem Kartoffelsalat erreichte mich ausgerechnet Bandmann. Obwohl man mir ein Funkloch versprochen hatte.

»Wo steckst du?«

»Gute Frage. Irgendwo in der Lüneburger Heide. Die letzte menschliche Ansiedlung hieß Faßberg oder so.«

»Auf Mörderjagd?«

»Im Gegenteil: Essen, trinken und was ein Mann sonst so treibt, wenn es ihm saugut geht.«

»Mensch Larry, dir geht´s wirklich gut. Aber wir brauchen dich hier. Der Oberstaatsanwalt ist stinksauer über unsern Deal. Er will dich sehen. Redet von Hausfriedensbruch und so.«

»Ist doch kein Problem. Ich mach doch als Freiberufler keine Sommerferien. Reicht euch Freitag 14 Uhr?«

»Larry, du hast was gut bei mir. Wenn du nichts mehr hörst, treffen wir uns Freitag halbe Stunde vorher in deinem Büro.«

»Roger. Tschüss bis dann.«

»Hat mein tüchtiger Polizist wieder Dienst in München? Ich dachte, du bist frei?«, frotzelte Conny.

Ich erklärte ihr die Bedenken des Oberstaatsanwalts.

»Ist denn Hausfriedensbruch ein Offizialdelikt?«

»Glaub ich nicht. Aber Sonntag komme ich zurück. Ich will das hier auch zu Ende bringen.«

Sie tat beleidigt. »Vielen Dank für die Blumen - wir können auch gleich!«

Ich lachte. »Zwischen *Korn*mann und *Corn*elia kann ich schon noch unterscheiden. Und wenn ihr in Hannover mal einen Freelancer braucht. Du hast meine Nummer.«

Frech, wie sie privat war, sagte sie tatsächlich: »Apropos Nummer. Wollen wir nicht mal zahlen?«

Wir wollten.

Mehr muss nicht gesagt werden.

Doch: Ganz in der Nähe, in Faßberg, entdeckten wir eine Erinnerungsstätte für die ›Berliner Luftbrücke‹. Originaldokumente und Ausstellungsobjekte zeigen, wie amerikanische und britische Flugzeuge während der russischen Blockade auch von Faßberg aus Westberlin versorgten. Allein hier wurden täglich bis zu 450 Starts und Landungen gezählt. Zu den Highlights der Ausstellung zählt das original Luftbrückenflugzeug vom *Typ Douglas C 47 A Dakota* - ein *Faßberg-Flyer* oder *Rosinenbomber*, wie sie damals hießen.

Auf Plakaten lasen wir, dass sie hier in fünf Wochen ein Jubiläum feiern: Am 28. August vor 65 Jahren endete die Blockade Berlins. Damals wurde vom Flugplatz Faßberg die letzte von insgesamt 540.000 Tonnen Kohle nach Berlin geflogen.

Reisen bildet. Wir hatten beide bis dato keine Ahnung, dass auch hier mitten in der Heide so ein Projekt ablief. Tief beeindruckt fuhren wir zurück.

Foto: Privat

»Guten Tag. Sie sind Lars Urbach?«

Es war mehr eine Feststellung als eine Frage. Vor mir stand ein schlanker, drahtig wirkender Mann um die 30. Klassische Jeans und ein schwarzes T-Shirt mit der Aufschrift *Let's go!* So sah er auch aus. Fast schwarze Augen, die einen scharf musterten, schmale, feine Gesichtszüge, intelligent und entschlossen.

Ich war gerade aus der Heide zurück und vor Hedis Haus angekommen.

»Gut geraten, junger Mann. Aber wer Sie sind, ist mir bisher entgangen.«

»Ich bin Bernhard Pruetzmann.«

Cool bleiben, sagte ich mir und versuchte, meine Überraschung zu verbergen. »Der ist meines Wissens längst in Bariloche.«

»Das ist mein Bruder Andreas. Siebzehn Monate älter als ich.«

Jetzt wurde es interessant. »Er flog mit Ihrem Pass?«

»Mit dem argentinischen. Den deutschen habe ich noch.«

»Schön für Sie. Aber was wollen Sie jetzt von mir? Ich müsste sofort die Polizei rufen.«

»Eben. Deshalb möchte ich so etwas wie ein Zeugen-Schutz-Programm!«

Jetzt wurde es noch interessanter. Jetzt wurde es sogar spannend.

»Wie stellen Sie sich das vor?«

»Wie Sie merken, bin ich gut informiert. Sonst wäre ich ja nicht hier. Ich glaube aber, es ist zu früh, um zur Polizei zu gehen. Da würde ich festsitzen, bis alles geklärt ist. Ich brauche aber Bewegungsfreiheit.«

»Wie haben Sie mich entdeckt?«

»Ich war im Stadtarchiv, als Sie alte Zeitungen bestellten. Da hörte ich, wie Sie sagten, Sie seien Ermittler aus München, der hier einen ominösen Fall bearbeiten muss. Sie gaben der Dame sogar Ihre Karte. Als Sie dann nach Hitlers Rausschmiss aus der Ehrenbürgerschaft fragten, wurde ich völlig hellhörig. So jemand interessiert mich immer. Kaum waren Sie gegangen, habe ich mir Ihre Karte zeigen lassen. Unter dem Vorwand, in München einen Ermittler zu brauchen - und welch glücklicher Zufall! Die Dame war sehr nett. Ich habe mir dann Ihre Karte kopiert und meine Organisation hat Ihre Vita gründlich überprüft.«

»Ich schlage vor, wir bewegen uns jetzt erst mal nach oben. Ich mach einen Kaffee.«

In Hedis Küche

erfuhr ich dann eine irre Geschichte. Bernhard Pruetzmann, der gewartet hatte, bis ein Kaffee (ohne Milch, viel Zucker) vor ihm stand, legte sein Smartphone neben sich und begann nach einem großen Schluck:

»Um alles zu verstehen, muss ich etwas ausholen. Das hängt mit Argentinien zusammen.«

»Da scheint es in Braunschweig zurzeit mehr Fälle zu geben. Auch der Name Pruetzmann hat hier einen schlechten Ruf. Wieder einmal.«

»Sogar verständlich. Ich kläre das. Also.« Er nahm noch einen Schluck.

»Ein Teil meiner Vorfahren sind schon Anfang des vorigen Jahrhunderts nach Argentinien ausgewandert. Sie gehörten zu den ›jüdischen Gauchos‹, die viele Dörfer im Norden gegründet und das Land urbar gemacht haben. Heute spricht man von den ›Colonias Judías‹. Im Krieg wurde unser Blut durch Flüchtlinge aus Deutschland aufgefrischt. Illegal, denn Argentinien ließ ab 1938 keine Juden mehr ins Land. Aber wir sind inzwischen dort gut verwurzelt.«

»Aber der Nazi Hans-Adolf Prützmann war doch kein Jude?«

»Ich weiß es nicht, ob seine Vorfahren - uns hat man jedenfalls in Argentinien öfter angesprochen, ob wir verwandt seien - *mit dem großen General*, wie es hieß.

Wir haben mal nachgeforscht, kamen aber zu keinem Ergebnis. Er ist ja in Westpreußen, in Tolkemit geboren. Heute heißt es Tolkmicko. Wir kommen ursprünglich aus Ostpreußen - also eine geringe Möglichkeit besteht. Eine direkte Verwandtschaft konnten wir glücklicherweise verneinen. Er selbst hat ja wohl in Gefangenschaft Selbstmord gemacht?«

»Keine Ahnung. Wir kamen nur über den Werwolf auf ihn. Und hatten dann auch Sie im Verdacht, den Mord begangen zu haben.«

»Ganz klar. Bei dem Namen.«

»Also weiter mit Ihrer Geschichte.«

»Mein Vater zog 1980 als Tourismus-Manager nach Bariloche. Vielleicht haben Sie schon vom *Cerro Catedral* gehört?«

Ich musste verneinen.

»Ein berühmtes Skigebiet. Aber auch sonst ist die Gegend sehr schön mit viel Tourismus. Ich machte das Abitur am *Instituto Primo Capraro*. So heißt die Deutsche Schule dort. Sie feierte 2003 den 50. Geburtstag ihrer Neugründung nach dem Krieg. Unsere Klasse befasste sich damals intensiv mit der Geschichte unserer Stadt und geriet dabei in ein stinkendes Sumpfgebiet. Also, bildlich gesprochen.«

»Verstehe.«

«Zeitweilig war Bariloche ein Sammelbecken kroatischer und deutscher Kriegsverbrecher. Also ich rede hier von den Kroaten im 2. Weltkrieg, nicht von denen aus dem letzten Balkankrieg. Da gab es ja auch etliche Kriegsverbrecher.«

Jetzt suchte er Hilfe in seinem Smartphone und dozierte: »Es folgten französische Kollaborateure des Vichy-Regimes, Soldaten der Wlassow-Armee -«

»Das waren doch Russen, die für Hitler kämpften?«

»Für Hitler oder gegen die Kommunisten. Dazu kamen noch Mitglieder östlicher SS-Divisionen, insbesondere Ukrainer, die auch für die Nazis kämpften. Über dem ganzen Dreckhaufen waberte dann noch der Segen der katholischen Kirche, die alles unterstütze, was gegen Stalin und dennoch für staatliche Obrigkeit war.«

»Also ausgerechnet der christliche Gedanke, der im Kommunismus steckt, wurde als Bedrohung angesehen.«

»Genau. Mit allen anderen konnte man ja Obrigkeit spielen. Gebt dem Kaiser, was des Kaisers ist, den Rest nehmen wir dann.«

»Der war aber Jude, der das gesagt hat«, warf ich ein.

Pruetzmann lachte. »Wenn das nur alle noch wüssten. Denn in diesem Schmelztiegel der Gestrandeten versuchten auch noch Überlebende des Holocaust, sich zurechtzufinden. Dazu komme ich noch.«

»Wirklich ein bestürzendes Szenario.«

»Haben Sie schon einmal von der ›*Rattenlinie*‹ gehört?«

»Erst unlängst im Zusammenhang mit einem Berthold Heilig.«

»Ja, der gehört auch dazu. Aufgebaut haben diese Fluchtorganisation der österreichische Bischof Alois Hudal zusammen mit dem faschistischen kroatischen Franziskaner-Priester Krunoslav Draganović. Der war nachweislich bis 1962 für den US-amerikanischen Geheimdienst CIC tätig. Man glaubt, dass er auch für den britischen, den jugoslawischen und den sowjetischen Geheimdienst gearbeitet hat.«

»So was nennt man heute *global player*«, machte ich mir Luft.

Er ließ sich nicht aufhalten: »Bischof Hudal besorgte den flüchtigen Nationalsozialisten falsche Ausweise. Bei Verdacht halfen päpstliche Hilfsstellen. Die Kosten für die Schiffsüberfahrt dieser Flüchtigen übernahm in den meisten Fällen das Internationale Rote Kreuz. Muss man sich mal vorstellen. Und das Schönste: Der CIC erkannte schon 1946 die Fluchtwege, unternahm aber nichts dagegen, sondern nutzte diese Bande praktischerweise für eigene Zwecke, um nützliche Geheimnisträger oder gefährdete Spione diskret und schnell aus dem von den Sowjets besetzten Gebieten zu schaffen.«

»Das gibt´s doch nicht?«

»Hier gibt es alles. Die Amis waren wenigstens so sensibel, dass sie die Organisation vom euphemistischen ›Klosterrouten‹ in ›rat lines‹ umtauften. Es waren ja wirklich die Ratten, die da abhauten. Und keinerlei Einsicht. Der Kriegsheld Rudel, der zeitweilig auch in unsrer Stadt lebte, wurde Militärberater von Präsident Perón, der die Kriegsverbrecher mit offenen Armen empfangen hatte. Rudel dankte später der Kirche dafür, dass sie die besten Deutschen gerettet hat und das rasende Verlangen der wahnwitzigen Sieger nach Rache und Vergeltung wirksam vereitelt hat. Ist das heute noch zu glauben? Die besten Deutschen waren also über die Rattenlinie in der Pampa gelandet.«

»Da gehörten sie auch hin. Aber wie kommen Sie hierher?«

»Ich hatte Glück. Ich hatte einen guten Geschichtslehrer, der kam aus Deutschland und zitierte immer Brecht: *Der Schoß ist fruchtbar noch, aus dem das kroch!*«

Da konnte ich mitreden: »Epilog aus Arturo Ui. *So was hätt' einmal fast die Welt regiert! Die Völker wurden seiner Herr, jedoch - Dass keiner uns zu früh da triumphiert —Der Schoß ist fruchtbar noch, aus dem das kroch!*«

Er strahlte. »Bravo! - Aber ich weiß, dass Sie mal Literatur studiert haben.«

»Uff!«

»Ich sagte doch, dass wir Erkundigungen eingezogen haben. Wir mussten sicher sein. Selbst der Mossad hat für Sie gut gesprochen.«

Ich wusste nicht, ob ich begeistert sein sollte.

»Zurück zu Brecht«, forderte ich irritiert.

»Der hatte recht. Ich lernte auf der Uni einen Professor für politische Wissenschaften kennen, der mir die Augen geöffnet hat. Es gibt inzwischen aus den Nachfahren dieser fauligen Kadaver ein Netzwerk, das sich im abendländischen Raum immer weiter ausbreitet, um die Zeit zurückzudrehen. Heute sind es polnische Nationalkonservative um den Sender Radio Maryja, kroatische Faschisten und mitteleuropäische

Neonazis, die alle etwas anderes wollen, aber eins eint: Hass auf dieses demokratische Europa. Dieser Professor brachte mich mit einem Orden zusammen, dessen Wurzeln bis ins KZ Buchenwald reichen. Das kennen Sie?«

Ich wurde etwas ungehalten: »Ich kenne sogar die Bücher von Semprun, junger Mann.«

Er ließ sich nicht irritieren. »Bravo. Dann wissen Sie ja auch, dass in diesem Lager sehr viele Kommunisten inhaftiert waren. Die kannten sich aus in der Untergrund-Arbeit und waren bis zum Schluss gut organisiert. Am Tag der Befreiung traten die Insassen tatsächlich zu einem Appell zusammen und taten einen Schwur.«

»Ich habe davon gehört. War mir aber nicht mehr präsent.«

»Sie schworen damals - warten Sie - ich trage es immer bei mir.« Er tippte wieder in sein Smartphone und las: »Wir Buchenwalder schwören vor aller Welt auf diesem Appellplatz, an dieser Stätte des faschistischen Grauens: Wir stellen den Kampf erst ein, wenn auch der letzte Schuldige vor den Richtern der Völker steht! Die Vernichtung des Nazismus mit seinen Wurzeln ist unsere Losung. Der Aufbau einer neuen Welt des Friedens und der Freiheit ist unser Ziel. Das sind wir unseren gemordeten Kameraden, ihren Angehörigen schuldig.« Er wischte sich tatsächlich über die Augen.

»Jetzt stellen Sie sich vor, einige dieser Befreiten gingen nach Argentinien. Als sie sehen mussten, was hier ablief, erinnerten sie sich an ihren Schwur. Zwei, drei von ihnen gründeten einen Geheimbund aus Juden, Atheisten, Katholiken und alles Mögliche. In Buchenwald waren Menschen aus 16 Nationen inhaftiert. So bunt sind wir auch heute wieder. Wir fragen nicht. Wir wollen nur Geistesfreiheit und ein Ende des Faschismus, egal, welcher Couleur.«

»Beeindruckend. Ein weltumspannender Geheimbund.«

»Sagen Sie lieber Bruderschaft.«

»Gut. Aber was ist jetzt hier in Braunschweig los?«

»Ich weiß es noch nicht. Deshalb brauche ich Sie. Fakt ist: Ich bin durch unsre Leute in das Netz eingedrungen. Wir haben erfahren, dass in Braunschweig etwas passieren soll. Offenbar angestoßen von Neonazis in Norddeutschland, haben sich Verbündete aus der Schweiz und den Niederlanden, Ultrarechte aus Polen und Kroatien beteiligt. Sie sind schwierig zu überwachen, weil sie in kleinen Gruppen arbeiten. Und oft nach dem Prinzip: ›Wir machen die Drecksarbeit in deinem Land - und du bei uns.‹ Die Drahtzieher können also hier sitzen, die Ausführenden kommen vielleicht aus Polen oder der Schweiz. Das ist das Gefährliche.« Er musste lachen. »Eigentlich ist es die negative Kopie unserer eigenen Organisation. Jedenfalls gibt es einen Masterplan, hier in Braunschweig ein Monument, eine sogenannte *Via Sacra* zu errichten.«

»Das wissen wir auch schon. Aber was ist mit hier und heute. Mit Kornmann in der Baugrube?«

»Langsam. Als wir merkten, dass es um Erdarbeiten ging, habe ich mich zum Baggerfahrer ausbilden lassen, um in den Kreis einzudringen. Verhindern konnte ich den Mord nicht. Aber ich will ihn aufklären. Das bin ich meinem Bund schuldig. Wir haben bisher alles im Griff gehabt. Auch meine scheinbare Abreise war geplant. Aber jetzt brauche ich Hilfe.«

»Wie nennt sich denn eure Bruderschaft?«

»Los Otros!«

Jetzt war ich wieder einmal baff.

»Dann ist SBH Ihr Chef?«

Er lachte: »Ihr Deutschen braucht immer einen Chef. Er ist Superior. Ich sollte ihm gehorsam sein. Aber er wird mir niemals einen Befehl erteilen. Wir beraten untereinander. In flachen Hierarchien, aber mit großem Respekt vor der Meinung des anderen.«

»Kann er Sie denn nicht verbergen?«

»Er müsste, wenn ich es wollte. Aber er weiß gar nicht, dass ich hier bin. Er ist zur Zeit abgeschaltet, weil er ein paar Dinge ohne unser Wissen erledigt hat.«

»Wer steht denn hinter Ihnen? Hier bei der Aktion in Braunschweig?«

»Gute Leute. Der Koordinator ist hier an der TU. Seine Fakultät, die ›Luft- und Raumfahrt‹, hat viel internationalen Zulauf. Ein gutes Klima.«

»Also weiß er, dass Sie hier sind?«

»Natürlich. Aber wir wollen immer so lange wie möglich unabhängig voneinander bleiben. Kontakt nur, wenn es notwendig ist. Der Superior sollte sich auch deutschen Behörden gegenüber - wie soll ich sagen? - tadellos, ja, untadelig verhalten.«

»Davon kann ich ein Lied singen. Tadeln konnten wir SBH nicht. Und bei mir? Da haben Sie keine Bedenken?«

»Ich denke, Sie können alles als ermittlungstaktische Schritte auslegen.«

»Ihr Vorgehen ist wirklich von überzeugender Stringenz.«

»Danke.«

»Wie weit sind Sie denn nun mit Ihren Erkenntnissen?«

»Gute Frage. Trotz massiver Überwachung konnten wir die Entführung und Ermordung von Herrn Kornmann und Herrn Kamphagel nicht verhindern. Die müssen geahnt haben, dass wir ihnen auf den Fersen sind.«

»Wer ist *ihnen*?«

»Eben. Wir glauben zu wissen, wer die Hintermänner sind. Uns fehlen aber noch Beweise. Deshalb bin ich hier.«

»Warum mussten sie sterben?«

»Wir glauben an Sippenhaft, weil ihre Großväter Naziverbrecher verurteilt haben. Gustav Kornmann war Beisitzer beim Todesurteil gegen Heilig. Von Kamphagel weiß ich noch nichts.«

»Und was wollen Sie jetzt konkret von mir? Kost und Logis?«

»Nein. Ich möchte eng mit Ihnen zusammenarbeiten. Dass Sie dort recherchieren, wo ich nicht hinkomme.«

Es klang alles so durchdacht und ehrlich.

Ich stand auf und gab ihm die Hand. »Abgemacht. Bei striktem Datenaustausch. Was Sie wissen, das will auch ich wissen.«

»Ihre Handynummer habe ich bereits. Ich rufe jetzt an, dann haben Sie auch meine.«

Ich speicherte den Anruf unter *Bernie*.

»Wenn wir uns treffen wollen«, erklärte er weiter, »reicht eine SMS mit Uhrzeit. Genau eine Stunde früher stehen wir auf dem Gaußberg. Falls doch einer mithört. Also eine SMS mit der Angabe 13:40 heißt für uns zwölf Uhr vierzig auf dem Gaußberg. Okay?«

»Ich kenn den Berg noch nicht. Ist wohl kein Problem?«

Er tat, als ob er mich kritisch mustern würde.

»Den schaffen Sie. In der Nähe der alten Mensa. Da oben hat man gute Rundumsicht und ist vor Lauschern sicher. Außerdem ein geschichtsträchtiger Ort.«

»Haben Sie Kehlmanns ›Vermessung der Welt‹ etwa gelesen?«

»Ein wunderschönes Buch. Ich las es aber mehr wegen Humboldt und seiner Südamerikareise. Erst als ich hier war, merkte ich, dass ich ja auf Gauß´schem Terrain war. Der und Braunschweig waren mir in Argentinien doch sehr fern.«

»Wenn das Thema Sie interessiert, sollten Sie unbedingt noch die Gauß-Biographie)[2] von Hubert Mania lesen. Er beschreibt sehr eindrucksvoll die Mühen, die Gauß bei der Landvermessung auf sich nehmen musste. Es lief ja alles noch über Sichtachsen, um trigonometrische Punkte mitein-

[2] Erschienen im Rowohlt-Verlag, Reinbek. Anm. d. Autors

ander zu verbinden. Und in diesem flachen Niedersachsen stand mancher Wald im Wege.«

Pruetzmann zog sein Smartphone und notierte sich den Autor. Dabei sagte er die weisen Worte:

»Wir haben ja auch Sichtachsen - und viel, viel Wald, sogar dichtes Unterholz.«

»Und in dieses Unterholz

werde ich Sie jetzt führen.«

Auch Bernhard Pruetzmann hat es nicht sofort gesehen. Erst nachdem ich ein Foto gemacht hatte und ihm sagte, hier sei etwas versteckt, hat er im Laub Spuren gesehen und die Griffmulde entdeckt.

Er wollte sofort den Deckel öffnen und einsteigen.

»Ich möchte erst mal prüfen, ob wir den Deckel auch von innen problemlos öffnen können, damit wir ihn nicht offen lassen müssen, wenn wir drin sind.«

Die Probe verlief einwandfrei.

»Wahnsinn«, flüsterte Pruetzmann immer wieder, während wir einstiegen.

»Uns hört hier keiner. Sie können ruhig laut schimpfen.«

»Das ist ja ein richtiges, beschissenes Vereinslokal der Kanalratten«, brach es aus ihm heraus, als wir die Halle erreichten.

»Der Schoß ist fruchtbar noch, aus dem das kroch.«

Nachdem ich Licht gemacht hatte, nahm er sich die Pinnwand vor. Ich setzte mich auf den Klappstuhl und ließ ihn gewähren.

»Ihre Schandtafel? Oder was? Nee, ihr Wort zum Sonntag. Hören Sie mal.« Pruetzmann hielt die Lampe so, dass er Stichworte vorlesen konnte: »*Wir haben wieder etwas, was die Jugend zum Kampf animiert. Es ist der große Idealismus. Erinnert euch an die Bilder der jungen Palästinenserinnen, junge Mütter, die sich den Sprengstoffgürtel umschnallen, um für ihr Volk, ihre Nation in den Tod zu gehen. Das ist es.* - Junge, Junge - so bellt ein bayerischer NPD-Funktionär. Goebbels hätte seine Freude gehabt. In die Hose scheißen würde er vor Angst, wenn da jemand mit dem Sprengstoffgürtel vor ihm hantieren würde. Oder hier: *In Ber-*

lin und anderswo beginnen die morschen Knochen der Volksbetrüger zu zittern. Allem Anschein nach könnte die soziale Kahlschlagspolitik der Kartellparteien einmal als Anfang vom Ende des volksverachtenden BRD-Systems in die Geschichtsbücher eingehen. - So sprach einer aus der NPD-Fraktion im Sächsischen Landtag. Die Sprache ist ja schlimm genug, aber dass so ein Mensch von anderen Menschen auch noch gewählt wird. Das macht mich wahnsinnig.«

»Hier hängt ein SPIEGEL-Artikel, der sie sicher geärgert hat.«

Er las wieder laut: »*Walter Blume geboren 23. Juli 1906 in Dortmund. SS-Standartenführer und Ministerialrat. Als Anführer des Sonderkommandos 7a als Massenmörder in Russland und Weißrussland tätig. Im August 1943 ging er nach Athen, um mit zwei Mitarbeitern Adolf Eichmanns die Deportation griechischer Juden ins Vernichtungslager Auschwitz zu organisieren.* Und dieser Kerl«, Pruetzmann hob die Stimme, »s*tand zwar 1947 in Nürnberg vor Gericht, wurde aber vom US-Hochkommissar John McCloy begnadigt und konnte 1955 das Gefängnis verlassen. Er ging nach Dortmund zurück. Sein neuer Beruf: Geschäftsführer.*« Er drehte sich um zu mir. Vielleicht feiern sie ja hier in ein paar Tagen seinen Geburtstag. Da laden wir uns ein.«

Er stellte die Lampe ab und imitierte einen Tango auf dem schmutzigen Beton. Vor dem Regal blieb er abrupt stehen.

»Was ist das denn?«

Er nahm einen Karteikasten hoch.

»Das ist ja ein richtiges Archiv. Schön nach Datum geordnet. Ich greif mal zeitnahe Einträge raus.«

Er zog Karten hervor und las in dieser gespenstigen Umgebung: »*22. Juli 2011: Anders Behring Breivik. Anschläge in Oslo und auf der Insel Utøya. 77 Tote!!! Überwiegend Teilnehmer am Zeltlager der sozialdemokratischen Jugendorganisation AUF.*

Klar, dass denen das imponiert.

25. Juli 44: Die Sowjetregierung veröffentlicht einen Aufruf von 16 Generälen in Kriegsgefangenschaft, die die Offiziere und Soldaten der deutschen Ostfront zur Aufgabe des Kampfes auffordern.

Und hier sind alle Namen aufgeführt: *Paul Völckers, Friedrich Gollwitzer, Kurt-Jürgen Freiherr von Lützow, Hans Traut,* - soll ich weiter lesen?«

»Nein danke, die Namen sagen mir wenig. Aber die Enkel scheinen in Gefahr zu sein.«

»Dann hier *8. August 44: Hitler befiehlt dem Reichskriegsgericht, Anklage gegen etwa 20 Generäle der Heeresgruppe Mitte wegen militärischen Verrats zu erheben!* Mit Nachtrag: *5. Februar 1945 Weisung Hitlers: Für Wehrmachtsangehörige, die in der Kriegsgefangenschaft Landesverrat begehen und deswegen rechtskräftig verurteilt werden, haftet die Sippe mit Vermögen, Freiheit oder Leben. Den Umfang der Sippenhaftung in Einzelfalle bestimmt der Reichsführer SS und Chef der Deutschen Polizei.* Ganz klar. Der 20. Juli liegt ihnen schwer im Magen. - Hier sehen Sie:«

Er zog eine Liste hervor. »Hier haben sie alle Verurteilten des 20. Juli aufgeführt.«

Er reichte mir das Blatt. Unter der Überschrift: *Die Vaterlands-Verräter vom 20. Juli* stand noch: *Wir schwören, die Missetat der Väter wird heimgesucht auf Kinder und Kindeskinder bis ins dritte und vierte Glied.* Dann die Namensliste. Alphabetisch. Von Generaloberst Beck bis zu General von Ziehlberg. Hinter vielen Namen war ein grüner Haken, als sei der Fall für sie erledigt. Einige Namen waren aber noch offen. Bernhard zeigte noch weitere Funde:

»Hier ist einer sogar handschriftlich eingefügt. Von unserem Freund mit dem großen Latinum.« Er las: »*Ante diem quartum Kalendae Oktober 2015 dies carbonarii in Monaco.* Nach meinen Lateinkenntnissen hat das weniger mit *Spaghetti carbonara* in München zu tun und mehr mit einem Tag des Köhlers.«

»Über den römischen Kalender habe ich mich unlängst mit meinem Lateinlehrer unterhalten. Sag nochmal.«

»Ante diem quartum Kalendae Oktober 2015.«

»Das ist irgendwie der vierte Tag vor dem ersten Oktober. Also jedenfalls Ende September.«

Bernhard blätterte weiter.

Unter 18. Oktober stand nicht nur *Via Sacra Brunsviga*, sondern auch *Todesnacht von Stammheim*. Also das Datum, an dem die in der Justizvollzugsanstalt Stuttgart-Stammheim inhaftierten Andreas Baader, Gudrun Ensslin und Jan-Carl Raspe Selbstmord begingen.

Sollte da auch der Werwolf seine Hände im Spiel gehabt haben? Rätsel über Rätsel.

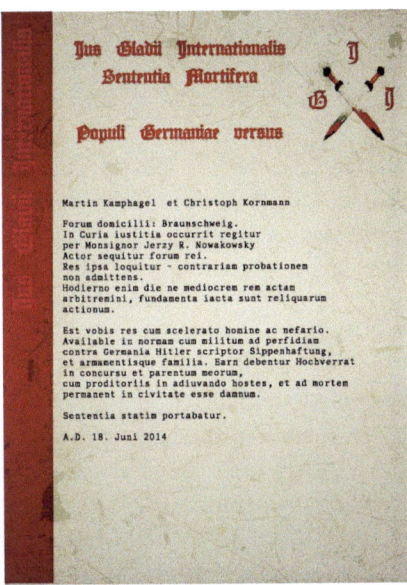

»Was ist das denn?«

Er hielt einen Papierbogen hoch, der mit rotem Rand und zwei Logos oder Wappen bedruckt und später mit der Schreibmaschine beschrieben worden war.

»Jus Gladii Internationalis, Sententia Mortifera«, las er vor. »Ich werde verrückt. Das ist ein Todesurteil von einem Internationalen Blutgericht. Lateinisch. Gegen Kamphagel und Kornmann.«

Er nuschelte etwas, dann hob er wieder die Stimme: »Unter Vorsitz eines Prof. Stepan Košljun - da haben wir sie, die Rechten der Kroaten. Endlich ein Name in diesem Fall.«

Seine Stimme verlor sich wieder. »Ohne Wörterbuch kann ich auch nicht alles übersetzen - Die Sache spricht für sich - Gegenbeweis nicht zugelassen - keine unbedeutende Sache - Hochverrat - Hitlers Verfügung zur Sippenhaft - zum Tode und zum dauernden Verlust der bürgerlichen Ehrenrechte verurteilt. Das Urteil wurde sofort vollstreckt.« Er ließ das Blatt sinken. »Die haben die beiden hierher gebracht und hier getötet. Unfassbar.«

Er reichte mir das Blatt. Ich erkannte die gekreuzten Schwerter, die ich auch bei dem Toten sah.

Dann wurde es mir klar: »Eska -Stepan Košljun. Der Kerl ist mir schon begegnet.«

Ich erzählte von dem merkwürdigen Zusammentreffen vorm Haus von Bruene-Hubbach.

Ich schaute ihn an.

Was für ein Leben, musste ich denken. Wächst auf irgendwo in der Pampa, am Rande der Zivilisation und engagiert sich hier für eine Sache, mit der er nur bedingt zu tun hat. Trieb ihn jüdischer Furor oder war es ein grenzenloser Gerechtigkeitssinn?

»Bernhard, was treibt Sie nach Braunschweig?«

Er setzte sich auf eine der Bierbänke.

»Ich weiß es nicht. Seitdem ich den Sumpf in meiner Heimat entdeckt habe, fühle ich mich verpflichtet. Ich kann es nicht anders ausdrücken. Aber zu wissen, da ist eine Spezies Mensch, die will zurück zu den schlimmsten Auswüchsen, deren wir fähig sind. Seitdem will ich etwas tun. Meine Gemeinschaft hat mir dazu Wege gezeigt und geholfen, sie zu gehen. Es schafft mit Befriedigung.«

Er dachte einen Moment nach.

»Ich gebe zu, wenn ich älter wäre, würde ich wahrscheinlich andere Wege gehen. Heute ist es auch ein gutes Teil Abenteuerlust. Lehrer an der deutschen Schule in Bariloche kann ich immer noch werden. Da will ich aber mehr gesehen haben, als die Andenkette. Ja, vielleicht ist die an allem Schuld. Wir blicken ja nur auf hohe Berge und immer wollte ich wissen, was dahinter ist. Übrigens: Ist Ihnen aufgefallen, dass auch der Papst, der den römischen Saustall ausmisten will, aus Argentinien kommt? Der hat mitbekommen, was sich da zusammenbraut. Auch er will den Tempel säubern.«

Ich stand auf und musste ihn umarmen.

»Ich heiße Larry und bin an deiner Seite. Jedenfalls hier in dieser Provinzposse von Rache, Vergeltung und Heimzahlung. Als *Bernie* stehst du in meinem Telefonbuch. Aber ich werde es nie sagen. Du bist Bernhard, der Bärenstarke.«

Er löste sich aus meinen Armen. Unsicher. »Entschuldigung. Hast du Melanie getroffen? Ich wollte sie nicht verletzen.«

»Sie ist wohlauf. Und wie ich feststellen konnte, hast du dich sehr fair benommen.«

»Danke. Wenn das hier vorbei ist, fahre ich nach Hildesheim.«

Wir untersuchten dann weitere Papiere, die auf dem Regal lagen. Wie gesagt, als Möbel war nur möglich, was durch den Schacht passte. Es gab also nur diese Ablage.

Und plötzlich sah ich auf dem Boden ein schmutziges Stück Papier, das ursprünglich von so einem gelben Block mit Haftnotizen stammte. Ich hob es auf, wischte es mit der Prothese ab - und war elektrisiert: SOS-Liste stand drauf. Und darunter sechs verschiedene Mailadressen. Alles sauber mit der Hand notiert. Allerdings in einer etwas altmodischen Schrift.

»Schau mal, Bernhard, hier ist ein interessantes Papierchen.«

SOS - Liste

Itamaracá @ excitate.com
Gvozdansko @ excitate.com
Obrona-Wizny @ excitate.com
Westerplatte @ excitate.com
Sewastopol @ excitate.com
Sedan @ excitate.com

Er überflog das Blatt. »Alles anonym, klar. Scheinen Schlachten als Decknamen zu sein.

Westerplatte? Da ging doch der 2. Weltkrieg los. *Itamaracá, Gvozdansko, Obrona-Wizny* - sagt mir alles nichts. Wenn wir draußen sind, schauen wir mal ins Internet. Der Server mit *dotcom* kann ja überall sitzen. In Polen, in Taiwan, in Griechenland.«

»Haben die auch Nazis?«

»Und wie. Liest du keine Zeitung? *Chrysi Avgi*, die ›goldene Morgenröte‹ ist eine richtige, neonazistische Partei. Ihr Anführer Nikolaos Michaloliakos ist ein Bewunderer Hitlers. Ganz im Ernst. Seine Anhänger singen auch schon mal eine griechische Übersetzung des *Horst-Wessel-Lieds*.«

»Passt ja genau in diesen Bunker. *Die Fahne hoch* auf Griechisch und ein Todesurteil auf Latein. Die ganze Welt des Humanismus persifliert bis zum Äußersten.«

»Und *exitate* heißt so viel wie *erwachet*. Wünschen wir ihnen, dass es ein böses sein wird.«

»Jedenfalls war hier wieder unser Bildungsbürger am Werk. Lateinisch plus exquisite Nutzernamen. Welch krankes Hirn.«

»Sie schlagen halt gern die Schlachten von gestern. Das Fundstück nehme ich jedenfalls mit. Niemand scheint es zu vermissen.«

Bernhard fand dann noch einen aufschlussreichen Zettel. Eine Zeichnung von einem B.H. »Für seinen Freund Horst "Carlos" F.-B. - Aus dem Gedächtnis 1956«

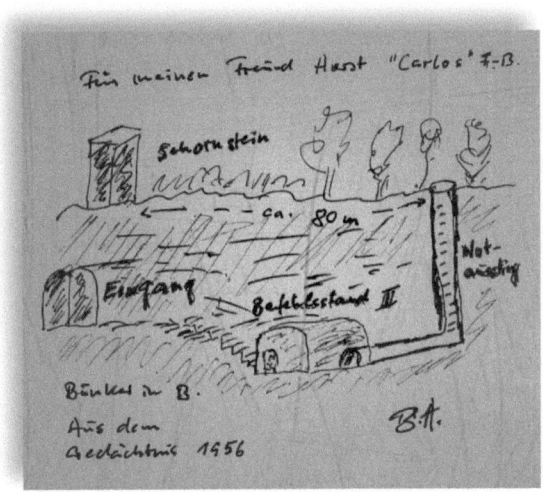

»Mensch. So hieß der SS-Mann, der die Rattenlinie mit organisiert hat: Carlos Horst Fuldner-Bruene. Und Heilig hat ihm offenbar einen Plan von diesem Bunker gezeichnet.«

Ich zog mein Handy. »All diese Fundsachen werde ich fotografieren. Mit der Zeichnung haben wir den SBH doch im Sack.«

Er drapierte mir die Dokumente auf dem Tisch, um sie dann wieder an Ort und Stelle abzulegen. Niemand sollte merken, dass wir hier waren.

»Jetzt zeige ich dir noch etwas.«

Ich öffnete die Tür zum Eiskeller. Er verweilte eine ganze Zeit auf der Schwelle, zog die Tür plötzlich zu und sagte:

»Hier haben sie ihre Opfer aufbewahrt, bis der Moment günstig war, sie herauszuschaffen. Das war die Tiefkühltruhe der Mörder. Unglaublich.«

Nach einer Stunde verließen wir den Bunker. Erschüttert, ob der neuen Erkenntnisse.

Kaum im Freien

und bei gutem Empfang zog Bernhard sein Smartphone und ging ins Internet.

»Sag noch einmal die Namen.«

Ich zog den Zettel und las: »Itamaracá.«

Nach einigem Suchen, kam die Antwort: »An der brasilianischen Ostküste. Hier haben die Holländer ihre Kolonien gegen die Spanier verteidigt.«

»Gvozdansko«, gab ich vor.

Hier kam die Antwort schneller: »Symbol des kroatischen Freiheitswillens und des Widerstandes gegen fremde Eroberer. Gvozdansko spielt in der kroatischen Geschichte eine ähnliche Rolle wie Masada in der jüdischen oder Alkazar in der portugiesischen.«

»Obrona Wizny«, soufflierte ich.

»Herrlich. Der ist wirklich krank, der sich das ausgedacht hat: *Die polnischen Thermopylen* - allerdings ging es hier um ein Ausharren gegenüber den Nazitruppen zwischen dem 6. und 10. September 1939. Also wenige Tage nach Kriegsbeginn. Ulkig: Ein Triumph über die Nazis als Datum. In diesem Umfeld.«

»Vielleicht sah er es aus Nazisicht. Am Ende hatten sie ja die Oberhand.«

Ich lud ihn zum Abendessen mit Hedi ein.

Früh musste ich los nach München.

167

In meinem Büro

hat mich Bandmann mit einem getürkten, aber ukrainischen Auftrag ausgestattet. Ausgestellt am 11. Juli.

»Wenn der Osta was will, wir sind gewappnet. Eine der Damen heißt Irena Schokolowa. Ihr Vater vermutet, dass sie von einem gewissen Dimitri Tarassow entführt worden ist. Du sollst sie suchen. Das muss reichen.«

Der Oberstaatsanwalt lief hinter seinem Schreibtisch hin und her. Davor saßen Tommy und ich.

»Mensch Urbach«, begann er. »Das Ding habt ihr beiden doch schon einmal durchgezogen. Damals standen Sie kurz vor dem Rauswurf. Haben Sie denn nichts gelernt?«

»Doch, Herr Oberstaatsanwalt«, sagte ich brav. »Dass man nicht mehr rausgeworfen werden kann, wenn man gar nicht drin ist. Hausfriedensbruch ist übrigens nur ein Antragsdelikt. Strafgesetzbuch Paragraf 123.«

»Antragsdelikt?«, donnerte er. »Wissen Sie, dass die meisten Antragsdelikte im deutschen Recht auch dann verfolgt werden können, wenn zwar kein Strafantrag vorliegt, die Staatsanwaltschaft jedoch das besondere öffentliche Interesse an der Strafverfolgung bejaht?«

»Wusste ich nicht«, sagte ich beeindruckt. »Aber Kollege Bandmann musste auf Hilferufe eingreifen. Ganz korrekt.«

Er blieb stehen. »Korrekt nennt ihr das? Eins sage ich euch: Wenn der seinen Anwalt schickt und mit Hausfriedensbruch kommt, weiß ich nicht, -« er machte eine Pause, »weiß ich nicht, wer da eingedrungen ist. Im Einsatzbericht wird keine unbekannte Person erwähnt.« Er lachte und setzte sich zu uns. »Da muss ich nicht einmal lügen. Also: Ihr habt das sauber ausgeheckt. Mit lauteren Mitteln kommt man ja an die

Kerle nicht ran. Den Auftrag heben Sie schön auf. Ich will ihn gar nicht sehen. Bandmann, wie kommen Sie mit den Frauen weiter?«

»Sie fassen langsam Vertrauen in die Polizei. Wir haben bei einer Hausdurchsuchung in Garching endlich auch ihre Pässe gefunden. Jetzt haben sie große Angst, zurückgeschickt zu werden.«

»Wird sich nicht vermeiden lassen«, sagte ich unwissend. »Es klingt zynisch, aber noch ist die Ukraine kein Land, in dem eine Gefahr für Leben oder Freiheit droht. Hoffen wir, dass es so bleibt.«

Die beiden schauten mich an. »Du kennst offenbar die neusten Nachrichten nicht?«, sagte Bandmann. »Gestern wurde ein Passagierflugzeug der Malaysia Airlines mit 298 Menschen an Bord über der Ostukraine von einer Flugabwehrrakete abgeschossen. Alle Insassen sind ums Leben gekommen. Regierung und Rebellen geben sich gegenseitig die Schuld.«

Udo Wallenberg

war auf meinem Anrufbeantworter. Er bat um Rückruf. Er wolle mich vorab informieren. Es gäbe Neuigkeiten zur Person Kamphagel.

Ich bekam dann eine kleine Geschichtsstunde: »Einer seiner Großväter war Assistent von Staatsanwalt Bauer beim Remer-Prozess. Wir sprachen kürzlich darüber. Sie erinnern sich?«

»Es ging damals um die Rehabilitierung der Leute vom 20. Juli.«

»Exakt. Beim Prozess - ich habe das überprüft - zitierte dieser Staatsanwalt aus den Dokumenten des ›Kreisauer Kreises‹. Damals ein Zentrum des Widerstandes. Ich habe es aufgeschrieben und zitiere jetzt selbst: ›Wenn nach dem verlorenen Krieg dem Recht wieder zum Siege verholfen werden soll, kann es nur *auf dem Wege des Rechts* und nicht durch Maßnahmen geschehen, die von politischen Zwecken und von der Leidenschaft bestimmt werden.‹ Zitat Ende.«

»Und das hatte beim Prozess Gewicht?«

»Das war ein Beleg für den rechtsstaatlichen Geist der Täter vom 20. Juli. Generalstaatsanwalt Dr. Bauer forderte dann in seinem Plädoyer - ich zitiere wieder: ›Die Helden des 20. Juli sind ohne Einschränkung zu rehabilitieren, denn Hitler war – nach dem Strafgesetzbuch – der größte Verbrecher, sein Staat ein Unrechtsstaat. Und ein Unrechtsstaat ist überhaupt nicht hochverratsfähig!‹ Wie wir wissen, ist das Gericht dem Antrag gefolgt. Remer wurde wegen übler Nachrede und Verunglimpfung des Andenkens Verstorbener verurteilt. Er entzog sich allerdings der Strafe durch Flucht ins Ausland.«

»Aber nicht etwa nach Argentinien?«

Udo lachte: »So ähnlich: Er wurde Militärberater des ägyptischen Präsidenten Gamal Abdel Nasser.«

»Prima. Da war er ja auch nicht allein.«

»Er hat sich später hier wieder als rechter Agitator versucht, wurde aber erneut verurteilt und ging dann nach Spanien. Die haben damals eine Auslieferung abgelehnt.«

»Gute Arbeit, Udo. Passt alles ins Bild. *Hodie persequitur iniquitatem patrum in filiis ac nepotibus in tertiam et quartam progeniem.*«

»Ich hatte nur drei Jahre Latein. *Tertiam et quartam* - ist das die Stelle mit dem dritten und vierten Glied?«

»Sehr gut. Zweites Buch Mose: ›Der die Missetat der Väter heimsucht auf Kinder und Kindeskinder bis ins dritte und vierte Glied.‹«

»Von Conny käme jetzt der Hinweis, dass Sie mal Literaturstudent waren. Wieso sind Sie eigentlich zur Polizei?«

»Mein Vater und mein Großvater waren schon bei der Truppe. Als mein Vater im Dienst ums Leben kam, haben sie mich gefragt, ob ich nicht zu ihnen wollte. Sie haben mir die gesamte Ausbildung bezahlt. War damals für mich ein gutes Angebot.«

»Verstehe. Gibt´s Neues bei Ihnen? Ich meine recherchemäßig.«

»Nicht direkt«, log ich. »Aber ich bin auf einer Spur. Montag bin ich wieder in Braunschweig. Spätestens Dienstag sollten wir uns treffen.«

»Okay. Ich werde Conny benachrichtigen. Wenn´s nicht klappt, hören Sie von mir.«

Als er aufgelegt hatte, schickte ich eine SMS an Bernhard Pruetzmann: *Montag 13:00*

Schon wieder war der 20. Juli im Fokus.

Bevor ich mein Büro verließ, ging ich noch schnell ins Internet. Ich ließ eine Geschenkpackung *Nude* auf meinen Namen an Hedis Adresse in Braunschweig schicken.

Bei einer Testerin konnte ich lesen, dass der Duftverlauf eher sanft, sehr weiblich und puristisch sei: »Ein Duft, den man nur wahrnimmt, wenn man mir näher kommt. Nude ist ein Duft für jeden Tag, braucht eine gewisse Wärme, um sich richtig zu entfalten.«

Nähe und Wärme - daran will ich es nicht fehlen lassen.

Für Hedi selbst bestellte ich *Simply* von Jil Sander. Ihre Flasche im Bad ging sichtbar zu Ende.

Am Abend mit Felix.

Wir hatten uns in der ›Marienburg‹ verabredet. Bayrische und mediterrane Küche und mit lauschigem Biergarten. Etwas abseits gelegen, aber nicht weit von seiner Redaktion.

Ich erzählte ihm von den Entdeckungen, von Pruetzmann und dem Bunker, vom Todesurteil und der Liste mit den Mail-Adressen. Er schüttelte immer wieder den Kopf.

Ich zeigte ihm die Fotos, die ich inzwischen gemacht hatte, und versprach ihm, die Dateien an seine Mailbox zu schicken.

»Muss aber weiter unter Verschluss bleiben, bis ich das *Okay* gebe.«

Felix nickte: »Kein Thema. Ich werde nur mit Prantl und Kister besprechen, wo wir es bringen. Als große Reportage auf ›Seite Drei‹ oder sogar im Magazin.«

»Wahrscheinlich müssen da mehrere dran. Die Geschichte in Braunschweig ist ja nur ein kleines Detail in einem globalen Spiel. Argentinien, Polen, Vatikan - da ist euer tolles Korrespondentennetz gefragt.«

Wieder Zustimmung. »Es spricht doch sicher nichts dagegen, wenn Peter Burghardt schon ein bisschen in Argentinien recherchiert. In Bariloche zum Beispiel. Wie hieß die Schule?«

Ich schaute in meine Unterlagen: »Instituto Primo Capraro.«

Felix notierte. »Auch der Familie Pruetzmann kann er mal nachforschen. Und was man dort so über die ›Otros‹ weiß?«

»Kein Problem«, gab ich zu. »Und wenn er etwas entdeckt, was uns weiterhilft, bitte ich um Nachricht.«

»Burghardt geht übrigens demnächst nach Hamburg. Da ist er ja nicht weit vom Schuss.«

»Von mir aus kann er auch einen Extraartikel - ohne Bezug zu Braunschweig - über diese Themen machen. *Wilhelm Tell unter Andengipfel - Deutsch in Südamerika.* So etwa.«

Felix grinste und hob sein Glas: »Da kommt wohl der Literaturstudent wieder durch. Aber ich gebe es weiter.«

Wir stießen an. Das Bier war lecker.

»Für München habe ich auch was. Ein Köhlertag soll hier Ende September 2015 stattfinden.«

Felix war aufgesprungen. »Sag das noch einmal. Ein Köhlertag Ende September?«

Ich nickte. »Sagt dir das was?«

Die erstaunten Blicke rundum ließen ihn wieder leise werden. Er setzte sich.

»Und ob. Gundolf Köhler!« Er schrie es fast. »Weißt du, wer das war?«

»Kommt mir irgendwie bekannt vor.«

»Gundolf Köhler hat am 26. September 1980 die Bombe am Oktoberfest gezündet. Die Behörden damals haben ihn sehr schnell zu einem Einzeltäter erklärt und die Akten geschlossen. Es gab aber immer wieder Versuche, Hintermänner zu ermitteln. Jetzt gerade scheint ein Durchbruch zu gelingen. Der Generalbundesanwalt erwägt, den Fall wieder aufzugreifen. Es wäre ja toll, wenn du da oben im Bunker neue Beweise finden würdest.«

»Beweise wohl nicht. Aber ein *dies carbonarii in Monaco* wird für Ende September in ihrer Kartei erwähnt.«

Langsam wurde es mir selbst unheimlich. »Der Schoß scheint noch fruchtbarer zu sein, als wir alle denken.«

Der Gaußberg in Braunschweig

erhebt sich laut Reiseführer knappe 9 - in Worten: neun - Meter über die Oker. Es handelt sich zum Großteil um einen bewachsenen Hügel. Allerdings ist ›die Lichtinstallation auf der Kuppe sehenswert und man hat von dort nachts einen schönen Blick über das umliegende Stadtgebiet.‹

Ich war nachts noch nicht da, empfand es aber dort oben, knapp über dem Kopf des Denkmals, das man Herrn Gauß dort hingestellt hat, sehr lauschig. Und die Steine, die dort als Vermessungspunkte von ihm gesetzt wurden, strahlten etwas von ›*hier stehe ich, ich kann nicht anders*‹ aus.

Ich glaubte mich zu erinnern, dass sich Gauß nach neuster Berechnung nur um 80 cm vertan hat.

Pruetzmann kam den Hügel herauf. Er bedankte sich sofort für den Buchtipp.

»Es war in der Unibibliothek. Ich habe es an zwei Vormittagen gelesen.«

»Abends hattest du wohl anderes zu tun?«

»Nachts. Ich habe unseren Bunker bewacht. Mit einem Nachsichtglas in gehöriger Entfernung. Füchse, Dachse, Eulen - sonst nichts.«

»War eben kein Feier- oder Gerichtstag«, tröstete ich. Und erzählte ihm von Gundolf Köhler.

»Ich sage ja, das ist ein unheimliches Netzwerk, das schon um uns aufgezogen ist«, war sein Kommentar.

»Wir müssen etwas provozieren, damit die aufgescheucht werden.«

»Schon eine Idee?«

Ich nickte: »Wir schreiben Mails. Hilferufe an die Adressen, die wir im Bunker gefunden haben.«

»Wie stellst du dir das vor? In welcher Sprache?«

»Nur wenige Worte. Zum Beispiel: *Alarm. Treffen. Bunker. Morgen. Datum eingeben / 3:00 am.* - Entweder es wirkt oder es wirkt nicht. Frage ist, können deine Leute von der TU anonyme Mails versenden?«

»Bestimmt. Mindestens kann man mir weiterhelfen und andere Server nennen.«

Ich zog mein Smartphone und gab den *Google-Übersetzer* ein. »Mal sehen, ob es einfach geht. Englisch?«

»*Alarm. Meeting. Bunker. Tomorrow. 3:00 am*«, las ich vor. »Das geht doch prima.«

»Kroatisch?«, fragte Bernhard Pruetzmann.

»*Alarm. Susret. Bunker. Sutra*«, konnte ich antworten.

»Finnisch?«

»*Hälytys. Kokous. Bunkkeri. Huomenna.*«

»Das läuft. Welche Sprachen soll ich noch mailen?«

»Französisch, polnisch, vielleicht tschechisch?«

»Spanisch und lateinisch natürlich.«

»Und griechisch?«

»Ich kann kein griechisch, aber ich geb´s mal ein. Hier kommt´s: Συναγερμός. Συνάντηση. Ανθρακαποθήκη. Αύριο. Ich werde es mit mailen. Ist ja egal, ob Fehler drin sind. Hauptsache, sie werden hoch gejagt.«

»Komisch, dass noch nirgends ein Ungar aufgetaucht ist. Die sind doch zur Zeit auch auf dem nationalen Großungarn-Trip.«

So beschlossen wir mit einem Schuss ins Blaue einen Großangriff auf alle Verdächtigen und Unverdächtigen.

Wir waren uns aber einig, dass wir jetzt meine Partner bei der Polizei informieren und einbinden müssen. »Sonst gibt es Ärger«, gab ich zu bedenken.

»Wie erklären wir es?«

»Deine Geschichte fast im Original. Meine bedeckt. Du hast den Bunker entdeckt und mich heute aufgesucht und eingeweiht. Wenn die erfahren, dass ich seit Freitag alles weiß, wäre die Hölle los. Jetzt schauen wir uns erst mal die Location an. Damit wir alle Zufahrten und Zugänge unter Kontrolle haben.«

Eine Begegnung der besonderen Art.

Als wir auf den Parkplatz vor der Gesamtschule in der Grünewaldstraße einbogen, kam uns im Laufschritt ein Muskelpaket entgegen. Sein Jogging-Anzug spannte um Arme und Oberschenkel.

»Das ist Paolo Brandner, der Leibwächter von SHB. Kennt er dich?«

»Nie gesehen.«

Ich hielt an und ließ das Fenster herunter. Als er nahe genug war und das Münchner Kennzeichen sah, stutzte er, blickte auf und erkannte mich. Ein Erstaunen flog über sein Gesicht. Er fing sich aber sofort.

»Hallo, Herr Urbach, immer noch in Braunschweig. Was führt Sie gerade hierher?«

»Grüß Gott, Herr Brandner. Ich wohne doch zur Zeit hier um die Ecke, in der Holbeinstraße. Da hat man praktisch keine Chance auf einen Parkplatz. Meine Gastgeberin hat mir den Platz hier als Ausweichmöglichkeit gezeigt.«

»Gute Idee!«

»Außerdem wollte mir mein Bekannter hier den Nussberg zeigen. Da soll's eine schöne Aussichtsplattform geben.«

Er schaute zu Bernhard.

»Sind Sie Braunschweiger?«

»Nicht direkt. Studiere aber schon länger hier.«

Ich unterbrach weitere Nachfragen: »Übrigens klingt ihr Name auch nicht gerade nach Niedersachsen. Der *Brandner Kaspar* ist ja ein Urbayer.«

»Allgäu. Mein Urgroßvater war Melker und fand hier in Niedersachsen bessere Arbeitsbedingungen als auf der Alm. In der vierten Generation kann ich mich aber schon Niedersachse nennen.«

Er grinste: »Sturmfest und erdverwachsen, wie es in unserer Hymne so schön heißt.«

»Also, dass ein Sturm Sie nicht so leicht umpustet, sieht man Ihnen an. Bleiben Sie weiter fit. Und Gruß an SBH.«

»Danke. Werde ich ausrichten!«

Damit war das Gespräch beendet. Er lief wieder los. Dass er Tage später buchstäblich umgefegt wurde, konnte ich noch nicht wissen.

»War das Zufall oder war er auf einer Kontrollrunde oben beim Bunker?«

Bernhard blieb logisch: »Wenn ich in der Jasperallee wohnen würde, wäre ich auch hier zum Joggen.«

»Stimmt. Bin ja auch mit Hedi schon einmal um den Nussberg.«

Als er verschwunden war, fuhren wir auf einer gepflasterten Straße, die mit ›Anlieger frei‹ beschildert war, noch ein Stück weiter. Sie führte bergauf, an einer Kita vorbei und endete in einer Wendeschleife.

»Von hier aus wäre der kürzeste Weg zum Eingang. Und nachts ist man sicher ungestört«, erklärte ich. »Wir wollen aber die anderen Zugänge noch abfahren. Grob gesehen wäre das die Nordseite, von Westen und Süden gibt es noch längere Wege. Der Osten wird von einer Bahnlinie abgeschnitten. Das vereinfacht die Kontrolle.«

Am Schluss war unser Plan fertig.

Die Hölle war nicht los,

aber es ging ganz schön rund, als ich mit Bernhard Pruetzmann im Kommissariat NORD auftauchte.

Conny, die wieder ihren Hosenanzug trug, hatte mir bei
der Begrüßung zugezischt, dass sie morgen nach Polen müsste. »Wegen dem Baggerfahrer. Ich erkläre es später.«

Jetzt war sie aber voll bei der Sache: »Das gibt´s doch
nicht!«, rief sie: »Ich such Sie in ganz Südamerika und Sie
marschieren hier einfach rein. Unglaublich. Da will ich aber
eine wasserdichte Geschichte hören.«

»Entschuldigung«, sagte Bernhard, »aber es war nötig.«

»Das erklären wir gleich«, kam von mir.

Udo Wallenberg griff zum Telefon und forderte Frau Bertram zum Protokoll.

Wir warteten, bis sie Platz genommen hatte, dann sagte er
feierlich: »Zu Beginn der ersten Vernehmung, das schreibt
der Gesetzgeber vor, ist dem Beschuldigten zu eröffnen, welche Tat ihm zu Last gelegt wird und welche Strafvorschriften
in Betracht kommen. Dazu sage ich: Mindestens Vertu-
schung einer Straftat, wenn nicht sogar Mord.«

Bernhard nickte, ich grinste, Conny las eine SMS.

»Entschuldigung, ich muss noch mal telefonieren«, sagte
sie, stand auf und verließ den Raum.

Als sie zurückkam, lächelte sie: »Es war wichtig: Dieser
Lewandowski, der Baggerfahrer wurde in Głuchołazy verhaftet. Ich weiß nicht, wie man es ausspricht. Ich muss morgen
hin, um ihn zu verhören.« Und an Bernhard gewandt: »Sie sagen also am besten gleich die Wahrheit.«

»Gruchowazy«, murmelte ich. «Welch ein Zufall.«

«Kennst du´s etwa?«

»Die Stadt liegt im ehemaligen Oberschlesien, im Südwesten Polens. Früher hieß sie Bad Ziegenhals. Ich kenne ein junges Paar, Alicija und Martin, die in München ihr Glück versucht hatten. Als Polen der EU beitrat, kehrten sie in ihre Heimat zurück. Wir haben noch Kontakt.«

«Den solltest du pflegen«, meinte Conny etwas ironisch. «Aber jetzt zu unserem -.« Sie zögerte. »Gast.«

Udo fuhr dort fort, wo er aufgehört hatte: »Ich muss Sie auch darauf hinweisen, dass es Ihnen frei steht, sich zu der Beschuldigung zu äußern oder zu schweigen und dass sie jederzeit einen Verteidiger verlangen können. Haben Sie das verstanden.«

»Vollumfänglich«, jetzt lächelte auch Bernhard.

Ich griff ein: »Ich übernehme jetzt mal die Rolle des Verteidigers und schildere den Fall, wie ich - und auch Herr Pruetzmann ihn sehen. Frau Bertram, melden Sie sich, wenn ich zu schnell bin.«

Dann erzählte ich die Geschichte vom Bund ›Los Otros‹, von den Brüdern Pruetzmann, von Bernhards Auftrag, seinem umsichtigen Handeln als Baggerfahrer, von der Entdeckung des Bunkers und wie er schließlich mich aufgetan und eingeweiht hat.

Es folgte Schweigen. Das musste erst mal sacken.

»Frau Bertram haben Sie alles?«, fragte Conny. »Den Bericht möchte ich schnellstens per Mail oder per Fax rüber nach Hannover. Das müssen meine Vorgesetzten lesen. Unfassbar. Was sagst du denn dazu?«

»Der Schoß ist fruchtbar noch, aus dem das kroch! Bert Brecht. Das muss nicht ins Protokoll.«

»Oder gerade«, rief Bernhard. »Dick unterstrichen, damit es jedem klar wird.«

Frau Bertram nickte ihm zu, sagte aber nichts. Später fand ich den Satz in den Akten.

Plötzlich wurde Udo witzig: »Obwohl ich kein Literaturstudent war, möchte ich auch mal zitieren.« Dabei krächzte er: »Der Vorhang zu und alle Fragen offen. Marcel Reich-Ranicki.«

»Falsch«, sagte ich: »Wieder Bert Brecht. Der gute Mensch von Sezuan, Epilog.« Die Lacher waren auf meiner Seite.

»Wie gehn wir jetzt vor?«, fragte Udo. »Frau Bertram kann wohl gehen?«

»Sie denken an mich?«, rief ihr Conny nach.

Frau Bertram hob den Daumen.

Ich stand auf und ging zu einem Overheadprojektor, den ich vorher hatte installieren lassen. Als er justiert war, erkannte man das Gelände um den Nussberg. Ich hatte mir bei der Stadt eine Karte besorgt und an Hedis Computer mit Symbolen ausgestattet.

»Bernhard und ich haben einen Plan ausgeheckt«, begann ich meinen Vortrag. »Wir schlagen vor, am Tag X eine Mail an die Adressen auf der Liste zu senden. Inhalt: Alarm. Bunker. Tag. Uhrzeit. Fertig. In mehreren Sprachen. Wir wollen die Ratten aufschrecken. Irgendwer wird sich angesprochen fühlen und da oben an diesem Nest erscheinen. Hoffen wir.«

»Glauben wir!«, bestärkte mich Bernhard.

»Der Zugriff ist allerdings heikel. Wenn unsere Leute zu früh entdeckt werden, wird niemand zum Bunker kommen.«

Ich trat an die Karte und untermalte meine Worte mit einem Stift als Zeigestock. »Das ist das Nussberggebiet. Wegemäßig ist der Bunker von drei Seiten aus zu erreichen. Der Nordosten ist von Eisenbahngleisen abgeriegelt. Von Südwesten geht es hinter der Kirche rein. Ich nenne den Eingang *Konrad 1.*

Von Südosten, also von der Ebertallee gehen vier Wege ab. *Egon 1* bis *4.* und von Nordost geht's über die Grünewaldstraße. *Gustav 1.* Am einfachsten und schnellsten geht es über diese Straße. Sie führt an der Schule und am Arbeitsgericht vorbei bis zu einer Wendeschleife. Dort ist noch ein Kindergarten. Wahrscheinlich im ehemaligen Haus eines hohen Nazibonzen. Vorm Gericht und vor der Schule gibt es genügend Parkplätze. Wir müssten also mit wenig Leuten die Eingänge beobachten. Das ist spät in der Nacht sicher nicht einfach. Am besten platzieren wir Liebespaare an den entsprechenden Stellen«

Ich hatte die Kontrollpunkte mit einem Verkehrsschild markiert.

Am Ende sah das so aus:

»Udo, vielleicht kopieren Sie diese Karte und stellen Sie allen Beteiligten zur Verfügung.«

Udo notierte.

»Vielleicht sollten wir vorher noch Bewegungsmelder installieren. Wenn wir sicher sind, dass irgendjemand oben ist, rücken wir auf allen Zugängen vor. Jeder, der runterkommt, wird verhaftet. Und wenn wir am Bunker angekommen sind, rufen wir runter, sie sollen rauskommen.«

Bernhard feixte: »Mit erhobenen Händen klettert es sich besonders gut.«

»Wenn aber keiner kommt?«, wollte Udo wissen.

Conny stand auf. »Tränengas rein und schon rennen sie uns heulend entgegen. - Meine Herren ich muss. Bin grundsätzlich mit dem Plan einverstanden. Udo, ich ruf Sie morgen früh an. Sie bereiten bitte eine Liste vor, was Sie vom LKA, beziehungsweise von der Bundespolizei benötigen. Fahrzeuge, Personal, Equipment et cetera. Per Fax ans *Dezernat 23, Operativtechnik*. Den Tag X werde ich mit meinen Leuten besprechen. Ach, und noch was. Ab jetzt muss alles unter uns bleiben. Udo, bitte nichts mehr weitergeben. Es könnte ja sein, dass hier ein Verräter sitzt. Nichts gegen die Braunschweiger Polizei, aber das machen wir von Hannover aus. Auch für die soll es überraschend kommen. Sind wir uns einig?«

Udo nickte.

»*Maulwurf* hat John le Carré in seinen wunderbaren George-Smiley-Krimis diese Typen genannt.« Das kam von mir und Conny schaute zu Bernhard und erklärte, dass ich mal Literaturstudent gewesen war.

»Ich weiß«, sagte Bernard. »Ich kenne ihn ja schon ein paar Tage.«

»Alles klar«, meinte Conny. »Aber noch einmal: Es ist wirklich wichtig, dass hier nichts vorher nach draußen sickert. Egal ob durch Spion, Verräter oder Maulwurf.«

«Moment noch«, hielt ich sie auf. «Ich komme mit nach Gruchowasi, so spricht man es aus.«

Sie lächelte. «Das wäre toll.«

«Ich habe noch so viel Spesengeld übrig. Ich muss ja was tun. Wann fliegst du?«

«Ich weiß nur, dass es morgen Vormittag halb zwölf ab München nach Breslau geht. Dann mit Mietwagen noch 100 Kilometer. Den Abflug Hannover sucht man mir noch raus.«

«Wir telefonieren. Ich bin morgen früh in Hannover. Deine Leute, sollen auch mich dort anmelden. Um das Ticket kümmere ich mich. Ist das okay?«

«Das ist sogar wundervoll. - Aber jetzt muss ich. Mein Chef muss noch einiges mit mir besprechen. Tschüss, die Herren.«

Conny ging. Ich blickte ihr nach. Zwei scharfe Bügelfalten liefen über ihre Pobacken und verschwanden unter dem kurzen Sakko. Die unteren Konturen ihres Höschens liefen quer darüber und bildeten für mich ein Smiley. Meine Gedanken schweiften ab zum Messegelände.

Udo holte mich wieder zurück:

»Wir sollten einen ›Plan B‹ *in petto* haben. Was passiert, wenn nichts passiert?«

»Und was passiert, wenn wir vorher entdeckt werden? Also, bevor jemand im Bunker ist. Dann haben wir nur Mondschein-Spazierer, denen wir nichts anhängen können.« Das war Bernhard.

»Haben wir denn Mondschein?« Daran hatte ich gar nicht gedacht.

Udo schaute in sein Smartphone.

»Am nächsten Sonntag ist Neumond.«

»Dann sollten wir eine der Nächte drumherum nehmen. Warum nicht Sonntag selbst. Da ist um drei Uhr früh sicher wenig los«, schlug ich vor. Würde ich Conny noch sagen, wenn Sie mit ihr reden.«

Udo notierte das.

»Bleibt die Frage nach dem Personal.«

»Ich denke, zehn Paare genügen.«

»Erklären Sie.«

»Ich stell´s mir so vor. An jedem Eingang ein Pärchen. An der Ebertallee brauchen wir nur zwei. An der Zufahrt oben und unten. Jedes Pärchen hat ein Ersatzteam. Wenn etwas schief läuft, wenn es entdeckt wird, verlässt es sofort seinen Posten und tauscht mit einem anderen Ersatzteam. Beispiel: Team ›Konrad 1‹ fühlt sich erkannt. Es übergibt an ›Konrad 2‹ und fährt zu ›Gustav 2‹, übernimmt den Posten und ›Gustav 2‹ übernimmt den Ersatz für ›Konrad 2‹. An der *Ebertallee* mit den ›Egons‹ machen wir einen Karreetausch, weil man da ja nicht einfach parken kann.«

Da keiner nickte, stand ich auf und ging zum Flipchart und zog meine Linien und malte Autos: »Das geht so: Dieses

Viereck ist der Park, stadtauswärts gesehen: rechts von der *Ebertallee*. Am oberen Rand kommt von rechts die *Georg-Westermann-Allee*, unten kreuzt die *Herzogin-Elisabeth-Straße*. ›Egon 1‹ steht mit laufendem Motor an der Einmündung *Georg-Westermann-Allee*. Hundert Meter weiter hinten wartet ›Egon 3‹.

An der *Herzogin-Elisabeth-Straße* steht ›Egon 2‹ bereit und weiter hinten ›Egon 4‹. Sollte jetzt ein fremdes Fahrzeug die *Ebertallee* befahren, beispielsweise für ›Egon 1‹ von rechts kommen, lässt er die Vorfahrt und folgt ihm. Auch wenn es parken sollte, fährt er weiter und biegt links in die *Herzogin-Elisabeth-Straße*. Er fährt dort auf die Position für ›Egon 4‹, der ja als Ersatz für ›Egon 2‹ bereitstand. ›Egon 4‹ rückt auf die Position von ›Egon 3‹, der ja inzwischen mit laufendem Motor auf der Position von ›Egon 1‹ steht. Sollte ein Auto aus der Stadt kommen, beginnt ›Egon 2‹ den Kreisel und alles geht rechts herum. Verstanden?«

Beide klopften auf ihren Tisch.

So sah meine Zeichnung aus:

Jetzt meldete Udo sich wieder: »Als ›Plan B‹ schlage ich vor, dass wir die Spusi mit allem Gerät in diesen Bunker schicken. Sie sollen alles sicherstellen, was sie finden und dokumentieren. Vielleicht gibt es ja doch Fingerabdrücke oder
DNA-Spuren an belastendem Material. Dann einfach sprengen. Peng.«

»Hat was. Birgt aber das Risiko, dass wir nichts aufklären können.«

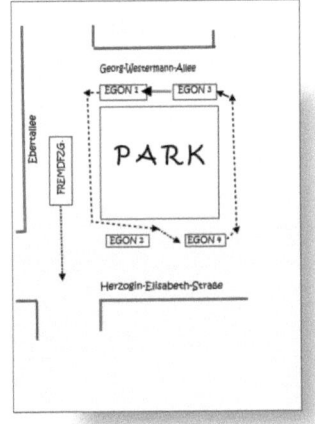

»Wir haben doch zumindest diesen kroatischen Professor, der mit dem Todesurteil. Wie heißt er?«

»Stepan Košljun«, kam es prompt von Bernhard. »Habe unsere Leute schon auf ihn angesetzt. Seine Großmutter war eine Schwester von Krunoslav Stjepan Draganović, dem Betreiber der Rattenlinie. Er wuchs in Sarajevo und in Argentinien auf. Studierte Kirchengeschichte und soll heute in Deutschland leben. Von irgendwo im Harz aus betreibt er eine Online-Zeitung mit nationalistischen und faschistischen Ideen. Ist oft Gastreferent bei rechten Verbindungen. Jetzt ist er verschwunden. Euer Verfassungsschutz müsste ihn eigentlich im Fokus haben.«

»Müsste«, warf ich ein.

»Wenn der lebt, finden wir ihn.« Bernhard ließ sich nicht stoppen. »Da braucht es auch keinen Auslieferungsantrag, den Kroatien dann jahrelang verschleppen kann.« Man spürte die ungeheure Wut, die den jungen Mann antrieb.

»Was ist mit einer Wärmebildkamera, wie Grenzschützer sie verwenden?«, fragte ich.

»Habe mich da auch schon kundig gemacht: Im Wald sehr aufwändig und für vorsichtige Zeitgenossen doch leicht zu entdecken. Einen Flüchtling können sie täuschen, auch weil es ihm ziemlich egal ist, einen gewieften Verbrecher nicht.«

»Außerdem«, ergänzte Bernhard, »wollen wir ja nicht mit Blitzlicht arbeiten. Und ohne Blitz kann man nur erkennen, dass da jemand vorbeikam, aber niemals, wer das war. Also als Beweismittel unbrauchbar.«

»Bleibt uns nur die Hoffnung, dass unsere Falle zuschnappt.«

Zu Hause eröffnete mir Hedi, dass sie mit einer Freundin eine Nordlandreise machen werde. »Ganz spontan. Mit dem Flieger nach Oslo und dann mit dem Schiff zum Nordkap. Nächsten Freitag für zehn Tage. Wir wollten erst Ende August. Aber man riet uns, möglichst nah an der Sonnenwende zu reisen. Umso heller sind da die Nächte.«

Ich schaute etwas überrascht.

»Dich muss das überhaupt nicht tangieren. Schlüssel, alles kannst du so lange behalten. Und wenn du hier fertig bist, mach einfach die Tür hinter dir zu.«

Wir gingen in einen Biergarten am Fuße des Nussbergs. Sie lauschte gespannt der Entwicklung des Falles bis heute.

Unser Termin in Głuchołazy

war um vier Uhr nachmittags. Um 12:35 waren wir in Breslau gelandet und alles verlief reibungslos. Der dicke Bundesadler auf Connys Papieren tat wohl seinen Dienst.

Wir hatten noch Zeit, bei meinen Freunden vorbeizuschauen. Ich konnte Alicija sogar überreden mitzukommen. Sie hat mir in München manchmal Dolmetscherdienste geleistet.

Das Kommissariat lag an der Hauptstraße, aber am Stadtrand.

Wir wurden in einen Konferenzraum geführt. Dort saßen bereits vier Herren, die sich bei der Vorstellung als Antek Lewandowski, sein Anwalt, ein Dolmetscher und ein polnischer Kommissar outeten.

Alicija, als Einheimische, wurde sofort akzeptiert.

Ich fragte, ob ich mein Smartphone auf ›Aufnahme‹ stellen dürfte. Es gab keine Einwände. Alle blickten gebannt, wie ich das Gerät mit meiner Prothese bediente. Der Anwalt erklärte im Namen seines Mandanten, dass das hier keinesfalls ein Verhör, sondern nur eine Zeugenbefragung sei.

Um die Situation zu lockern, eröffnete ich mit einer abseitigen Frage: »Herr Lewandowski, sind Sie mit dem Fußballer Robert Lewandowski verwandt?« Von der Figur her, hätte er es sein können. Groß, kräftig - nur die eingedrückte Nase und das störrische Haar ließen ihn etwas brutaler erscheinen als sein Namensvetter.

Sogar der Anwalt lächelte.

Alle schüttelten den Kopf. Und der Befragte murmelte etwas von *Gut Mann* und *Borussia Dortmund*.

Das konnte ich berichtigen: »Er spielt jetzt bei Bayern München.«

Wieder ging ein Lächeln über die Gesichter: »Müller, Schweinsteiger, Robben, Ribery«, sagte der Anwalt.

»Und Pep Guardiola«, ergänzte ich.

Conny räusperte sich: »Kommen wir zum Thema, weshalb wir hier sind. Es geht um Ihre Arbeit in Braunschweig.«

Sie ließ den Dolmetscher übersetzen. Lewandowski nickte.

»Wer hat Sie denn beauftragt, also direkt Ihnen gesagt, dass Sie am Abend des 2. Juli, als Herr Kamphagel beerdigt wurde - so möchte ich es ausdrücken - den Bagger fahren sollen?«

»Gesagt?«

Alicija sagte etwas.

Ein Lächeln glitt über sein Gesicht. »Der Chef.«

»Also Goran Dobrinjski?«

»Ja. Ist Chef.«

»Und wer hat es dem Chef gesagt?«

Wieder übernahm Alicija den Part des Dolmetschers.

»Das war -.« Er brach ab und sprach polnisch weiter.

Sein Dolmetscher: »Er sagt, dass fremde Männer immer kommen und sprechen mit Chef.«

»Waren das auch Kroaten?«

Er nickte. Dann erzählte er dem Dolmetscher eine längere Geschichte. Dabei fuhr er sich mit der Hand um den Hinterkopf, schien sich zu bekreuzigen, klopfte mit der Rechten auf seinen linken Oberarm. Wir hörten etwas von *Internationale, Niederlande, Solidarność, Niemiec.* Alicija machte Zeichen, ihn nicht zu unterbrechen.

Als Lewandowski schwieg, erklärte sie uns: »Ein Mann war alt, mit silbernem Haar. Immer Kruzifix auf der Brust. Kroate. Der andere jung und dicke Muskeln. Deutscher.«

»Brandner und Košljun«, erklärte ich Conny.

Alicija fuhr fort: »Der Chef war wohl wütend, doch der

191

Muskelmann hat gesagt, dass Vertrag ist Vertrag. Internationale Solidarität. Ihr Kroaten hier für uns. In Niederlande wir für euch. Wenn hier fertig, holen wir eure Leute raus.

»In den Niederlanden? In Holland?«, fragte ich ungläubig.

Lewandowski nickte: »In Hollande, ja.«

Conny sinnierte: »Geht es hier etwa um inhaftierte Kriegsverbrecher, die in Den Haag verurteilt worden sind?«

Ich musste ihr zustimmen: »Bernhard hat schon so etwas angedeutet. Ein internationales Netz nationaler Faschisten. Sie machen immer im anderen Land die Drecksarbeit und spielen zu Hause die Unschuldslämmer.«

Conny wand sich wieder an den Zeugen: »Hat er sonst noch jemand gesehen, einen Fremden, der mit dem Chef verhandelt hat?«

Wieder übernahm Alicija die Übersetzung.

Er schüttelte den Kopf.

»Was hat der Chef an jenem Abend genau gesagt?«

Ich blickte Alicija an: »Wörtlich möchte ich es wissen.«

Sie übersetzte.

Sein Dolmetscher antwortete: »Er sagt, soll nicht sehen in Loch -«

»Grube«, flüsterte Alicija.

»Er soll nur Erde reinfahren.«

»Und? Hat er in die Grube gesehen?«

Er schüttelte den Kopf.

Ich musste mich noch einmal vergewissern: »Und auch am 5. Juli, als Sie Fußball schauten, war dieser Kroate bei Ihrem Chef?«

»Ich weiß nicht. Niemand hat mir gesagt.«

»Ja, natürlich. Weil Bernhard für Sie übernommen hat. Wer hat Ihnen denn den Job in Braunschweig vermittelt?«

Übersetzt erfuhren wir, dass es ein polnischer Priester aus Nysa war. »Ist eine kleine Stadt an der Straße nach Breslau. Früher hieß Neiße«, erklärte Alicija.

»Und was passierte nun am Sonntag, den 6. Juli, als Sie so plötzlich Deutschland verließen?«

Jetzt war er so sicher, dass er keinen Dolmetscher brauchte: »Chef kommen um neun Uhr. Bringen meine Papier und tausend Euro. Schnell weg, sagen. Besser zurück in Heimat. Ich fragen *Was ist los?* Chef sagen *Egal! Nur weg!* So ich machen weg.«

Wir hatten keine weiteren Fragen mehr.

Doch, Conny wollte wissen, ob er eventuell als Zeuge nach Deutschland käme. »Gegen Spesen natürlich.«

»Kein Problem«, sagte er erleichtert und auf gutem Deutsch.

Kaum auf der Straße zog Conny ihr Smartphone und rief ihre Behörde an. Sie bat darum, den Direktor sofort zu verständigen. Er müsse schnellstens eine Hausdurchsuchung mit Haftbefehl bei Goran Dobrinjski in Hildesheim organisieren.

»Kennst du die Straße?«, fragte sie mich.

Ich schüttelte den Kopf. »Bauunternehmen. Baggerverleih.« Mehr konnte ich nicht sagen. Sie gab es weiter.

»Mitglied einer terroristischen Vereinigung, Gefangenen-Befreiung, das ganze Programm. Ich bin am Freitag am späten Vormittag im Büro. - Melde mich sofort. Danke.«

Alicija bat uns in ihre Wohnung. Martin ein kleines Büfett vorbereitet. Ich erinnere mich an Krakauerwurst, Wacholderwurst, geräucherte Schweinslende und etwas, das sie Oma's Schinken nannten - *Szynka babun*, den Namen habe ich mir gemerkt. Dazu herrliches Pilsner und hin und wieder einen polnischen Wodka. Sie bestellten uns kurz nach Mitternacht ein Taxi und versprachen, unser Auto morgen früh zum Hotel zu bringen.

Zwei Stunden später lagen wir in wohligem Tiefschlaf.

Für den Rückflug hatten wir Zeit.

Mit der LOT ging es über Warschau erst um kurz vor fünfzehn Uhr los. Als wir durch das Städtchen Nysa, vormals Neiße, kamen, fragte ich spaßeshalber, ob wir noch den Priester suchen sollen.

Conny schüttelte den Kopf: »Wir scheuchen ihn nur auf, ohne etwas gegen ihn in der Hand zu haben. Das sollen die Polen mal unter sich ausmachen. Wir schicken ihnen alles Material, das wir am Schluss haben. Viel wird es nicht sein.«

Wir machten also an diesem Donnerstag einen Bummel durch Breslau. Wanderten durch die Altstadt und waren begeistert vom Ring, dem mittelalterlichen Marktplatz. Die Polen sagen *Rynek*. Es ist ein rechteckiger Platz, in dessen Mitte ein Carree aus Rathaus, neuem Rathaus und zahlreichen Bürgerhäusern besteht.

Wir setzten uns in ein Straßencafé und besprachen noch einmal die Situation.

»Da reichen sich also Neonazis und Faschisten aller Herren Länder gegenseitig helfend die Hände«, seufzte Conny.

»Nicht nur das. Sie wühlen auch im befreundeten Dreckhaufen.«

»Ich dachte, diese kroatischen Generäle sind alle im zweiten Prozess freigesprochen?«

»Vielleicht haben da ja unsere Freunde schon dran gedreht. Wissen wir, wie lang und weit ihre Arme reichen?«

»Doch nicht bis in den Internationalen Gerichtshof.«

»Langsam glaube ich alles. Ist doch merkwürdig, dass man jahrelang um ihre Auslieferung gerungen hat. Dann bekommen sie 24 Jahre - und plötzlich war alles Pustekuchen.«

Conny zog ihr Smartphone heraus.

»Mal sehen, wer da noch sitzt.«

Sie tippte ein paar Befehle und schaute dann gespannt.

»Ach, hör mal:« Sie las von ihrem Display: »*Das UNO-Kriegs-verbrechertribunal zum früheren Jugoslawien hat sechs ehemals ranghohe Führer der bosnischen Kroaten zu Haftstrafen von bis zu 25 Jahren verurteilt. Sie seien schuldig für Kriegsverbrechen und Verbrechen gegen die Menschlichkeit, urteilten die Richter in Den Haag. Der Anführer der bosnischen Kroaten, Jadranko Prlic, ist zu 25 Jahren Haft verurteilt worden. Nach Angaben von Richter Jean-Claude Antonetti fiel das Urteil einstimmig. Prlic war Vertreibung und Folter von Muslimen und anderen Nicht-Kroaten in der Zeit von 1991 bis 1994 vorgeworfen worden. Er war damals Präsident der selbsternannten bosnisch-kroati-schen Republik Herceg-Bosna. Der heute 53-Jährige habe damals insbe-sondere die Macht über die Internierungslager gehabt, sagte Antonetti. Dort habe es schwere Misshandlungen der Häftlinge gegeben. Die fünf Mitangeklagten, darunter der damalige Verteidigungsminister Bruno Stojic, wurden zu Haftstrafen zwischen zehn und 20 Jahren verurteilt.* Ende Mai vor einem Jahr war das erst.«

»Und die sollen befreit werden? Ihr müsst auch die Hol-länder warnen.«

»Klaro. Aber in unserem Fall heißt das doch, dass dieser Bruene-Hubbach mit den kroatischen und den polnischen Nazis zusammengearbeitet hat.«

»Quod esset demonstrandum! - Was zu beweisen *wäre*! Können wir nämlich noch gar nicht.«

»Und dieser Brandner?«

»Könnte ja der eigentliche Drahtzieher sein. Mer weiß ja nix, des is ja des, wie meine Münchner Vermieterin immer sagt.«

»Mein Gott, wie Recht sie hat. Apropos Vermieterin. Blei-ben wir noch eine Nacht in München oder ruft die Pflicht uns zum Weiterflug?«

»Die Pflicht ruft uns, am s-p-ä-t-e-n Vormittag«, ich zog das spät sehr in die Länge, »in Hannover zu sein.«

»Das schaffen wir«, sagte sie voller Überzeugung. »Jetzt sollten wir uns aber aufmachen zum Flughafen. München ruft.«

»München leuchtet, nach Thomas Mann.«

Sie fiel mir um den Hals. »Warum bin ich nur so verrückt nach einem abgebrochenen Literaturstudenten?«

»Mer weiß ja nix -.«

Mehr konnte ich nicht sagen. Sie verschloss mir den Mund.

Hedi war freudig überrascht,

als ich in Braunschweig ankam: »Ist ja prima. Kannst du uns in einer Stunde nach Hannover fahren? Das wäre ja hinreißend.«

Natürlich konnte ich. Obwohl ich gerade von da gekommen war.

»Da ist auch ein Päckchen für dich.«

Meine Parfüms waren also rechtzeitig angekommen. Und Hedi nahm erfreut Jil Sander mit zum Nordkap.

»Woher weißt du? Ich wollte mir schon ein neues im *Duty-Free-Shop* kaufen.«

»Hast du vergessen, dass ich Detektiv bin. Privatdetektiv. Im Volksmund auch ›Schnüffler‹ genannt.«

»Jedenfalls hast du einen guten Riecher.«

Vom *Nude* sagte ich nichts. Ein Mann muss auch mal ein Geheimnis haben.

Meine Damen flogen um 16:10 Uhr Richtung Kopenhagen. Ich lieferte sie pünktlich um 14:30 Uhr am Schalter ab und fuhr zurück nach Braunschweig.

Bei Udo Wallenberg erfuhr ich, dass Sonntagnacht die Aktion stattfinden soll. In der Schule sei die Einsatzzentrale.

Bernhard, den ich später anrief, schlug ein Treffen vor. Ich lud ihn ins ›Sukiyaki‹ ein.

Er erzählte mir, dass die Mails raus sind. Und seine Freunde heftige Rückforschungen registriert hätten.

»Also, die Empfänger sind aufgeschreckt. Ein paar werden in die Falle tappen. Da bin ich sicher«, schloss er seinen Bericht.

Ich brachte ihn mit dem polnischen Intermezzo auf den letzten Stand.

Er nickte am Schluss: »Ich hab´s gesagt. Die agieren über die Grenzen. Aber wir packen sie.«

Wir hoben unsere Gläser.

»Wie es scheint ist dieser Stepan Košljun ein Hauptdrahtzieher. Auch Lewandowski hat ihn offensichtlich bei der Befehlsausgabe gesehen. Was wissen wir über diese kroatischen Faschisten?«

»Ich weiß einiges, mach mich aber noch einmal schlau.«

Bernhard ging wieder ins Internet und gab mir dann eine kurze Zusammenfassung:

»Die Ustascha-Bewegung ist ein kroatischer rechtsextrem-terroristischer Geheimbund, der sich schon vor dem zweiten Weltkrieg zu einer faschistischen Bewegung entwickelte. Von Hitler und - man höre - von der katholischen Kirche gefördert, sollte ein unabhängiger großkroatischer Staat entstehen. Die waren damals schon nicht zimperlich mit anderen Ethnien. Es gab Konzentrationslager und Völkermord. Juden, Roma, Muslime, später auch Kommunisten - alles Opfer.«

»Und die gibt es immer noch?«

»Im Gegenteil. Sie erfuhr unter Franjo Tuđman, das ist der, der den Jugoslawienkrieg angezettelt hat, eine regelrechte Rehabilitierung. Symbole der faschistischen Ustascha-Zeit wurden wieder öffentlich gezeigt. Das wäre so, als ob hier das Hakenkreuz wieder wehen könnte. Frühere Ustascha, die unter Tito fliehen mussten, wurden zurück ins Land geholt und ihnen hohe politische Ämter angeboten. Straßen wurden nach Ustascha-Funktionären umbenannt und knapp 3000 Mahn- und Denkmäler für den antifaschistischen Kampf und die ermordeten Opfer beschädigt oder zerstört. Auch nach den Jugoslawienkriegen gab es immer wieder Skandale prominenter Kroaten, die öffentlich den Ustascha-Gruß oder Ustascha-Symbole zeigten. Die heutige Ustascha-Bewegung ist eng verbunden mit der internationalen Neonazi-Szene. Und Stepan Košljun ist ihr Verbindungsmann in Deutschland.«

»Jetzt erinnere ich mich an den Fußballer, der nach einem Länderspiel in Kroatien mehrmals diesen faschistischen Gruß ins Stadion brüllte. Er wurde sofort disqualifiziert und für 10 Länderspiele gesperrt.«

»Das wäre so, als ob Schweinsteiger nach einem Spiel ›Sieg Heil‹ brüllen würde.«

Unvorstellbar. Da waren wir uns einig.

Am nächsten Morgen

rief Conny an: »Antek Lewandowski ist tot. Soeben bekam ich ein Fax vom Kommissariat in Głuchołazy. Erschossen. Von einem Motorrad aus, als er das Haus verließ. Sie erwarten Hinweise von uns.«

Wir schwiegen beide.

»Bist du noch dran?«

»Ja, entschuldige, aber das ist eine schlimme Nachricht. Ich denke nicht nur an den verlorenen Zeugen, sondern an den armen Kerl, der da ahnungslos zwischen die Fronten geriet. Die Polen müssen diesen Priester aus Neiße ausfindig machen und in die Mangel nehmen. Willst du auch den Mitschnitt vom Gespräch?«

»Wenn du kannst, schick die Datei rüber. Ich lasse sie dann tippen. Und noch eine schlechte Nachricht: Die Aktion bei Goran Dobrinjski war nur ein Teilerfolg. Er wird verhört, sagt aber nichts. Und seinen Laptop hat man auch nicht gefunden. Auf zwei PCs sind nur geschäftliche Daten.«

»Du, ich komm rüber. Der interessiert mich auch. Kannst du ihn für heute Nachmittag vorladen?«

»15 Uhr bei mir?«

»Ich bin da.«

»Frag einfach nach dem Dezernat 43. Ich lass dich beim Pförtner abholen.«

»Hoffentlich ohne Handschellen.«

»Nur, wenn du im Büro die Hände von mir lässt:«

Conny führte mich ins Vernehmungszimmer. Mit dem berühmten Spiegel an der Wand.

Goran Dobrinjski sah immer noch wie ein Banker aus, aber nicht mehr ganz so selbstsicher: Dunkelblauer Zweireiher, hellblaues Cityhemd, dunkelblaue Krawatte. Er war braun gebrannt, über seinen Geheimratsecken schälte sich die Haut nach einem Sonnenbrand. Dadurch wirkte er nicht mehr so glatt wie neulich.

»Die Herren kennen sich«, sagte Conny.

Ich reichte ihm die Hand.

»Guten Tag, Herr Dobrinjski, Sie sollten im Sommer einen Hut tragen.«

Er stutzte bei dieser Eröffnung, fuhr sich dann aber über seine Stirn.

»Ist ein Tag im Cabrio. BMW.«

»Wo ging´s denn hin? Nach Kroatien?«

Wieder ein Zögern. »Nein, nein. Wegen Geschäfte - nach Holland.«

»Baumaschinen werden bis nach Holland gebracht? Ist das nicht sehr aufwendig?«

»Ist eine Ausschreibung. Wenn okay, dann mache ich das.« Er versuchte ein Lächeln: »Global-Player, verstehen Sie?«

»Egal, ob Braunschweig, Hildesheim oder Scheveningen?«

Jetzt war er getroffen. »Wie kommen Sie - ?« Er schwieg.

»Weil dort doch einige Kroaten als Kriegsverbrecher sitzen. Einige leider nicht mehr.«

Er wollte aufbrausen, besann sich aber. »Brauche ich vielleicht Anwalt?«

»Sie können ihn sofort anfordern«, stellte Conny klar.

»Schaun mer mal«, konterte der Kroate.

»Sagt Ihnen der Name Košljun etwas?« Volltreffer. Das merkte ich. Sein linkes Auge zuckte.

»Košljun, Košljun«, murmelte er, als müsste er wahnsinnig überlegen. Dann strahlte er auf: »Ist kleine Insel auf Krk!«

»Wieso *auf* Krk? Krk ist doch, meines Wissens, selbst eine Insel.

Ehe er antworten konnte, fuhr Conny dazwischen: »Ja, natürlich. Jetzt, wo Sie es sagen. Im Hafen von Punat auf Krk, kleines Kloster. Da war ich ja schon. Hatte nur den Namen vergessen. Tschuldigung, Larry.«

Ich war wirklich etwas irritiert.

Dobrinjski grinste: »Habe ich gesagt. Kleine Insel.«

»Ich rede nicht von einer Insel«, sagte ich etwas zu grob, »sondern von Stepan Košljun. Großer Macker. Seine Großmutter war eine Schwester von Krunoslav Stjepan Draganović. Den müssen Sie nicht kennen. Aber den Stepan, den kennen Sie doch? Er betreibt sogar eine Online-Zeitung. Er beherrscht die Bibel und kann auch noch Latein. Na, kommt was?«

Dobrinjski schüttelte den Kopf.

»Was ist mit Paolo Brandner?«

»Was ist?«

»Er hat Ihnen doch den Befehl gegeben, diesen Antek einzusetzen. Für späte Einsätze. Warum?«

»Hat gesagt, muss sein. Wenn muss sein, muss sein. Ich habe Firma.« Plötzlich besann er sich, dass er doch ganz gut Deutsch konnte. »Ich bin verantwortlich für Menschen und Maschinen. Ich brauche dafür Euro. Und wenn ein Mann kommt und sagt, mach das, du bekommst Euro, mache ich das.« Er lehnte sich zurück, sagte aber noch: »Wenn genug Euro.«

Ich wechselte das Thema: »Gvozdansko - schon mal gehört?«

»Ist kroatische Geschichte. Tapfere kroatische Männer gegen Islam.«

»Sehr gut. Ich meine aber eine Mailadresse: Gvozdansko@excitate.com?«

Er zuckte mit den Schultern.

In diesem Moment wurde Conny von einem Mitarbeiter hinausgerufen.

»Herr Dobrinski, wir glauben, dass Sie hier nur ein Mitläufer sind. Beihilfe, verstehen Sie? Ihre Situation wird sofort besser, wenn Sie mit uns zusammenarbeiten.«

Conny kam wieder herein. In der Hand eine große, durchsichtige Plastiktüte. »Alles zurück auf Anfang.« Sie zog einen Laptop hervor. »Was glauben Sie ist das, Herr Dobrinski?«

Er schien tatsächlich eine Spur blasser zu werden.

»Ein Mitarbeiter war so klug, die Hausdurchsuchung etwas auszudehnen. Er nahm sich Ihren Fuhrpark vor. Und siehe da: Unter dem Sitz eines alten Hydraulikbaggers fand er dieses Teil. Einen *IBM ThinkPad* mit kroatischer Tastatur. Interessant.«

»Mein Bagger?«, stellte er sich dumm.

»Ihr Bagger und Ihr Laptop.« Conny schaute auf den Zettel, der dem Beweisstück beigefügt war und las: »Ein ›O&K MH 4‹, Baujahr 1989. Ist ja schon ein älterer Herr.«

»Meine erste Maschine«, sagte Dobrinski plötzlich. »Habe ich gekauft im Jahr 2003.«

»Fein. Das wäre geklärt. Ich schlage vor, Sie überlegen jetzt übers Wochenende, während wir den Laptop auswerten. Wir sehen uns nächste Woche, am besten mit Anwalt. Und je mehr Sie aussagen, desto besser für Sie. Das ist kein leeres Gerede von mir.«

Sie gab ihm die Hand. Ich schloss mich an. Dann wurde er abgeführt.

Conny griff zum Telefon und gab den Befehl, den Laptop so schnell wie möglich zu untersuchen. Besonders den Email-Verkehr nach einem Account *excitate.com* überprüfen.

Als sie geendet hatte, blickte sie mich an und legte den Finger auf den Mund. Sie wollte mich vor den Mikros warnen, die hier sicher überall installiert waren. Aber schließlich war ich auch mal Polizist.

»Ich bringe dich noch raus.«

Auf dem Parkplatz erklärte sie mir dann, dass sie nicht mitkommen könne nach Braunschweig. Ihr Ehemann sei da und hätte Karten für ein Open-Air besorgt.

»Wir wollen ›Evita‹ sehen. Bei den *Gandersheimer Domfestspielen.*«

»Passt doch wunderbar ins Programm.« Ich war etwas gekränkt, ließ es mir aber nicht anmerken.

»*Don't cry for me, Corne-li-a*«, sang ich mit schönem Bariton.

Sie lächelte: »*The truth is, I never left you all through my wild days* -«, klang es im Sopran zurück. »Auf diesem überwachten Gelände kann ich dir nicht einmal einen Abschiedskuss geben. Mach´s gut! Wir sehen uns morgen.«

Wir sahen uns am nächsten Abend.

Tag X oder besser: *Nacht X* begann für uns um 19 Uhr. Hannover hatte 20 Beamte in privater Kleidung und neutralen Fahrzeugen geschickt. Acht davon waren weiblich.

Dort, wo der fast unsichtbare Pfad im Gestrüpp verschwand, hatten Experten eine Trittmatte im Laub versteckt, die mit einem starken Sender versehen war. So konnte eigentlich niemand unentdeckt zum Bunker gelangen.

Die Einsatzzentrale war in der Gesamtschule. Die gesamte Technik war bereits am Freitag unauffällig installiert worden. Leider waren noch keine Ferien, deshalb erfuhren Neugierige auf Nachfrage, ein Film würde hier am Montag gedreht.

Ein Klassenzimmer wurde total abgedunkelt und niemand von uns durfte nach 22 Uhr noch herein oder hinaus. Auch alle parkenden Autos mussten bis dahin entfernt sein.

Der Überwachungswagen stand in der Grünewaldstraße.

Für heißen Tee und belegte Brötchen war gesorgt.

Es waren anwesend: Conny als Leiterin der Aktion, ihr Vorgesetzter, ein Kriminaldirektor Kluge - oder so ähnlich, habe den Namen nicht richtig verstanden, Udo Wallenberg, Bernhard Pruetzmann, vier Techniker, die mit großen Kopfhörern an Monitoren saßen - und meine Wenigkeit.

Conny hatte eine Art Camouflage-Uniform an, sah aber bezaubernd aus. Wie eine Moderatorin für das Dschungelcamp. Na gut, etwas intelligenter schon.

Ihre Augen signalisierten mir bei der Begrüßung ein strenges »Reiß-Dich-zusammen!«

Ich versprach es stumm.

Um 22 Uhr gab sie das Zeichen für einen ersten Kontrollruf.

Einer der Techniker nahm ein Mikrophon und sprach leise: »Achtung. Hier Zentrale. *Gustav eins* bereit? Over.«

«*Gustav eins* bereit. Over«, kam es zurück.

So wurden alle acht Beobachter abgefragt. Alle waren bereit.

Schweigen.

Ein Techniker kramte ein Sudoku-Heft hervor und begann, es auszufüllen.

»Hoffentlich dauert das jetzt nicht bis drei Uhr früh«, sagte Conny.

»Was passiert wirklich, wenn nichts passiert?«, fragte der Kriminaldirektor.

Udo kam wieder mit seinem Plan B: »Ich schlage vor, dass wir die Spusi mit allem Gerät in diesen Bunker schicken. Sie sollen jeden Millimeter unter die Lupe nehmen, Dokumente sicherstellen. Vielleicht gibt es ja doch Fingerabdrücke oder DNA-Spuren an belastendem Material. Dann einfach sprengen den ganzen Saustall. Weg damit.«

»Wer zählt denn bis heute zum Kreis der Verdächtigen«, fragte der KD nach. »Wenn ich richtig unterrichtet bin, habt ihr nur diesen Bruene-Hubbach, seinen Adlatus und diesen polnischen Baggerfahrer.«

»Lewandowski. Und dessen Chef«, ergänzte Bernhard. »Goran Dobrinjski.«

»Lewandowski haben wir doch gar nicht mehr«, sagte Conny. »Er wurde kurz nach unserem Besuch erschossen.«

Alle schwiegen.

»Irgendeiner von den Übrigen wird schon da unten gewesen sein und Spuren hinterlassen haben. Und dann hilft nur die Daumenschraube.« Das war wieder Udo.

»Für mich zählt noch Stepan Košljun zu den Hauptverdächtigen.«

»Wer ist das?«, wollte der KD wissen.

»Ein Anhänger der Ustascha-Bewegung.«

»Die gibt es immer noch?«, fragte jemand.

»Im Gegenteil«, erklärte Bernhard. »Sie erfuhr unter Franjo Tuđman, das ist der, der den Jugoslawienkrieg angezettelt hat, eine regelrechte Rehabilitierung. Ich habe mich jetzt erst kundig gemacht: Symbole der faschistischen Ustascha-Zeit wurden wieder öffentlich gezeigt. Auch nach den Jugoslawienkriegen gab es immer wieder Skandale prominenter Kroaten, die öffentlich den Ustascha-Gruß oder Ustascha-Symbole zeigten.«

Ich ergänzte: »Die heutige Ustascha-Bewegung ist eng verbunden mit der internationalen Neonazi-Szene. Und Stepan Košljun ist ihr Verbindungsmann in Deutschland. Er hat nachweislich dem Baggerfahrer Anweisungen gegeben.«

Um 22:34 Uhr ertönte ein Signal und dann kam aus dem Lautsprecher: »Hier *Gustav eins*. Fahrzeug fährt auf den Parkplatz vor Arbeitsgericht. Eine männliche Person steigt aus. Sie blickt sich um. Geht jetzt auf dem Weg nach oben. Uns hat sie nicht wahrgenommen. Wir bleiben vor Ort. Over.«

»*Gustav eins*. Alles verstanden. Danke«, sagte der Techniker ins Mikro.

»Ich versuche, das Kennzeichen festzustellen. Wir wollen aber nicht näher ran. Over«, hörten wir noch.

Nach einiger Zeit gab *Gustav eins* durch: »Im Nachtglas erkennbar: dunkler VW Tuareg. Kennzeichen: Braunschweig - Friedrich, Anton 840. Over.«

»*Gustav eins* verstanden. Danke«, gab unser Mann zurück.

Conny winkte einem der Männer, die Daten zu überprüfen.

Jetzt warteten wir, ob die Sensormatte reagiert.

Nichts. Der zuständige Experte drehte noch einmal an den Knöpfen, als könnte er so etwas bewirken. Nichts.

Dann ein Signal. Es war 22:56: »Hier *Egon eins*«, hörten wir. »Ein Mann kommt aus dem Park. Er mustert uns. Wir

207

fahren los auf Position *Egon vier*. Der Mann scheint beruhigt und geht zurück in den Park. Over.«

Wie verabredet, wechselten jetzt auch ›Egon 2‹ und ›Egon 4‹ ihre Position und meldeten sich bereit.

Einer von Connys Leuten sagte: »Fahrzeug eins ist auf eine argentinische Firma in der Jasperallee zugelassen.«

»Meine Ahnung«, flüsterte Bernhard, als könnte man ihn draußen hören.

Dann knackte es wieder. Um 23:06 kam die Meldung: »*Konrad eins* an Zentrale: Männliche Person kommt aus dem Park, geht auf uns zu, wir spielen Liebe - bitte schweigen!«

Nach einer kurzen Ewigkeit: »*Konrad eins* an Zentrale: Gefahr gebannt. Männliche Person kam an unser Fahrzeug. Ich drohte ihm mit der Faust, da bog er ab und ging hinter der Kirche den Hang nach oben. Over.«

Ich bat ›Konrad eins‹ um eine Beschreibung des Mannes.

»Ist ja jetzt ziemlich dunkel geworden«, hörten wir aus dem Lautsprecher. »Also bullig trifft es wohl. Ein Muskelpaket. Haare unterm Hut nicht zu erkennen. Over.«

»Paolo Brandner«, sagten Bernhard und ich gleichzeitig.

»Der Bodyguard vom Bruene-Hubbach«, schob ich nach.

»Interessant«, sagte der Kriminaldirektor.

»Ganz sauber kam er mir nie vor. Also den Chef selbst meine ich jetzt. Aber vor seiner - wie soll ich sagen? - vor seiner Glätte musste man kapitulieren. *Slickness* sagen die Amis. Das deutsche Wort ›Schlick‹ klingt ähnlich und bedeutet ja glitschiger Schlamm. Das trifft es ziemlich gut. Der Bulle ist nur ein kleines Würstchen.«

»Er war mal Literaturstudent«, erklärte Udo dem Kriminaldirektor.

»Macht ja nichts. War doch ganz eindrucksvoll, die Beschreibung.«

»Ein Bulle, der ein Würstchen ist - darauf muss man erst mal kommen«, blieb Udo dran. »Das ist doch ein Widerspruch in sich.«

»Sie meinen ein Oxymoron?«

»Ich weiß nicht, was ein Oxymoron ist, aber Sie wissen, was ich meine.«

Jetzt griff Bernhard ein: »Ein Oxymoron ist eine rhetorische Figur, bei der eine Formulierung aus zwei gegensätzlichen, einander widersprechenden oder sich gegenseitig ausschließenden Begriffen gebildet wird.«

»Ich werde verrückt«, stöhnte Udo. »Noch ein Literaturstudent.«

»Also Bulle und Würstchen würde ich noch nicht als unvereinbar bezeichnen«, beteiligte sich der Kriminaldirektor an der Diskussion. »Schließlich zählt der Bulle doch zu den Rindern.«

Alles feixte.

Nur Conny sagte gar nichts.

»Die Frau Hauptkommissarin sagt ja gar nichts«, frotzelte ich.

»Die Frau Hauptkommissarin schweigt bis - «

»Pst!« Der Mann, der die Trittmatte unter Kontrolle hatte, drehte an einem der Knöpfe an dem Apparat vor sich. Es klang wie auf einem Kiesweg. Dreimal *krk, krk, krk*. Dann war wieder Ruhe. Wir lauschten alle noch gespannt, bis der Techniker verkündete: »Eine Person ist durch.«

»*Quod erat demonstrandum.*« Das kam diesmal von Bernhard.

»Geht's schon wieder los?« Udo war jetzt richtig sauer.

»Was zu beweisen war«, erklärte der Kriminaldirektor. »Aber bewiesen ist leider noch gar nichts. Ein Würstchen auf dem Grill. Pah!«

Jetzt griff Conny ein: »Er soll ja vermutlich nur vorglühen.«

Mich ritt der Schalk. »Hah!«, rief ich: »Das war eine klassische *Constructio ad sensum*. Eine syntaktische Konstruktion, die formal gegen die grammatischen Regeln verstößt, aber sinngemäß korrekt ist. Es hätte eigentlich heißen müssen: Es (nämlich das Würstchen) soll vorglühen. Verstanden haben wir aber alle, dass du ihn gemeint hast. Den Bullen. Oder den Paolo.«

»Ist hier wirklich nur Tee in den Kannen?«, fragte einer der Techniker. Jetzt lachten alle.

Vielleicht auch aus Müdigkeit. Immer öfter hörte man ein verdrücktes Gähnen. Immer öfter ging jemand zu den Teekannen oder den Brötchenplatten.

Um 01:17 Uhr meldete sich ›Gustav 1‹:

»Gustav eins an Zentrale. Personenwagen nähert sich. Zwei Personen inwendig. - Fährt am Arbeitsgericht links vorbei, über Pflasterstraße zur Wendeschleife. Wir warten, ob er zurückkehrt. Over.«

Conny ließ jetzt den Befehl an ›Gustav 1‹ durchgeben, dass sie beim Zugriff in die Warteschleife fahren sollten und dort das Fahrzeug blockieren.

»Verstanden. Over.«

Alle blickten jetzt gespannt schweigend auf den Techniker mit der Trittmatte.

Endlich sagte Conny: »Wie in dem Film ›Das Boot‹. Da liegen sie im U-Boot auf dem Meeresgrund und lauschen auf die Einschläge der Wasserbomben. Ungeheuer spannend.«

»Haben Sie auch Literatur -?«, fragte ihr Chef.

Bevor sie antworten konnte, kam das erlösende »Jetzt!«

Mehrere *krk, krk* drangen aus dem Lautsprecher und füllten den Raum.

»Knusper, knusper, knäuschen - wer knuspert an meinem Häuschen«, kicherte Conny. Ihre Art, mit der Spannung fertig zu werden.

»Ich muss es noch einmal anhören, aber es waren sicher zwei Personen«, meinte der Techniker.

»Also drei im Sack«, nickte Udo.

»Im Skat ein gutes Blatt«, ergänzte der Kriminaldirektor.

»Punkt drei schlagen wir zu!«, befahl Conny. »Bitte geben Sie Folgendes durch: «, wand sie sich an den Mann am Mikro. »Zugriff geplant Punkt drei Uhr. Die Besatzungen von *Gustav eins, Konrad eins, Egon eins* und *Egon zwei* gehen zu Fuß zum Zielpunkt. *Walkie-Talkie* nicht vergessen und einschalten. Am besten Stirnlampe aufsetzen. Schusswaffen gesichert mitführen. *Egon eins* bringt Gasmasken mit, *Egon zwei* ein Sicherungsseil. Für alle Fälle. Die Reservemannschaften fahren auf die Einsatzpunkte. Danke, dass sie alle so lange ausgeharrt haben. Hoffentlich haben wir bald Erfolg. Over.«

Das war eine klare, durchdachte Ansage.

Ich hätte innerlich meinen Hut gezogen, wenn so etwas möglich wäre.

Aber man spürte allseits eine große Erleichterung, dass es endlich losgehen sollte.

Punkt drei Uhr

gab Conny das Kommando. Es hieß ›Zugriff nach Plan‹ und wurde von allen Einsatzkräften bestätigt. Bernhard und ich beschlossen, mit Conny und dem Pärchen von ›Gustav 1‹ bis zum Wendekreis zu fahren. Der Kriminaldirektor wollte, Udo musste zur Koordination in der Zentrale bleiben.

Kriminalmeister *Bärbel* und *Sven* stellten sich unsere Begleiter vor. Bärbel saß am Steuer. Sven zeigte auf einen Metallkoffer und erklärte mir, dass er ein Mikro und einen Mini-Lautsprecher mitführe. *Eine Art Flüstertüte an der Strippe*, wie er sich ausdrückte,

Am Himmel wurde es schon wieder heller.

Nach der miefigen, warmen Schulhausluft war es draußen richtig angenehm. Oben angekommen, atmeten wir alle tief durch. Unser Fahrzeug stellte sich quer vor das Auto der beiden Unbekannten. Conny befahl, das Kennzeichen durchzugeben und den Halter festzustellen.

Ich ging voraus, weil ich den Weg kannte. Bernhard mit seinem Nachtglas neben mir. Conny sprach noch über Walkie-Talkie mit ihren Leuten.

Nach einiger Zeit kam sie nach vorne zu uns.

»Von der Ebertallee kommen ein Pärchen und ein Mann, von der Kirche zwei Männer nach oben. Das müsste reichen. Schusswaffen nur im äußersten Notfall. Ihr beide habt doch hoffentlich keine?«

Wir hoben wie auf Kommando die Hände und schüttelten den Kopf. Dann erreichten wir die Stelle, wo es ins Gestrüpp ging. Wir beschlossen, hier auf die anderen zu warten.

Lauschig könnte man die Stimmung beschreiben. Der Himmel zeigte jetzt schon deutlich, wo der neue Tag beginnt. Die Vögel begannen ihr Morgenkonzert.

»Über allen Gipfeln ist Ruh«, zitierte ich leise.

Conny verzog das Gesicht. KM Bärbel sagte: »Von Goethe, und dass es niemand mehr kennt, ist für Herrn Sarrazin der Beweis für den Untergang der deutschen Kultur.«

»Ich freue mich jedenfalls -«

»Pst!«, zischte Conny.

»*Konrad eins* mit zwei Personen zur Stelle«, hörten wir jetzt den leisen Ruf.

»*Konrad eins* hierher«, antwortete Conny gerade noch hörbar.

Wenig später meldeten sich auch die vier von der Ebertallee.

Wir waren jetzt zehn erwachsene Polizisten und Unterstützer wie Bernhard und ich. Ausgerüstet mit Funkgerät, Stirnlampen und zum Teil auch mit Pistolen.

Ich führte die Gruppe im Gänsemarsch, so leise wie möglich, durch das Gestrüpp. Kurz vor dem Deckel ließ ich anhalten und wir bildeten einen Kreis um den bemoosten Quader.

Es gab staunende Ausrufe, als die Leute merkten, dass hier der Eingang lag.

Geplant war, den Deckel zu öffnen, die ›Flüstertüte‹ hinunterzulassen und die Leute im Bunker aufzufordern, nach oben zu kommen.

Wenn ich heute an die Szene denke, kommt es mir immer noch hoch, obwohl wir keine Chance hatten, es anders zu regeln.

Wir erstarrten auf der Stelle,

als der Deckel plötzlich aufsprang und ein Kopf zum Vorschein kam.

Ich hörte, wie Pistolen gezogen wurden und Hähne gespannt.

Der Kopf hatte es offensichtlich auch gehört, denn mit dem Ruf »Verrat« ließ er den Deckel fallen und verschwand.

Nach wenigen Sekunden flog der Deckel wieder auf und wir hörten einen ohrenbetäubenden Knall. Reflexartig warf ich mich über Conny und schützte sie mit meinem Körper. Die Erde unter unseren Füßen zitterte. Dann war Schweigen.

»Nicht so stürmisch, junger Mann«, sagte sie und richtete sich auf.

Für den Bruchteil von Sekunden hatte ich wieder das Gefühl in mir, das Gefühl, als mir die Explosion einer Handgranate die Hand wegriss. Es war schnell vorbei. Ich entschuldigte mich und wischte ihr das Laub vom Rücken.

»Alte Reflexe.«

»Trotzdem: Danke!«

Plötzlich hörten wir von unten ein unmenschliches Brüllen, das anschwoll und sich zu nähern schien. Schließlich erstarb es in einem Röcheln.

Einer der Männer ging vor dem Schacht auf die Knie und leuchtete hinein. Erschrocken fuhr er zurück. Und wenig später tauchte der Kopf wieder auf. Blutüberströmt. Ein Auge hing aus der Höhle. Blut schoss aus seinem Mund. Die Explosion hatte sicher seine Lungen zerstört. Nur die Muskeln schienen ihn noch zusammenzuhalten. Denn er zog sich tatsächlich über den Rand des Schachts, blickte uns an und verschied. Es war der Muskelmann.

Zwei der Männer zogen ihn ganz nach oben und schoben den Körper vorsichtig zur Seite.

»Das ist Paolo Brandner, der Bodyguard von Bruene-Hubbach«, erklärte ich den Kollegen.

»Sven bitte mit dem Mikro vorsichtig an den Schacht«, befahl Conny nach kurzem Überlegen.

Sven setzte Kopfhörer auf und ließ das Mikro und einen Lautsprecher hinunter. Er lauschte gespannt. Wir Umstehende hielten fast die Luft an. Sven schüttelte den Kopf.

»Nichts zu hören.« Er zog sein Werkzeug wieder nach oben.

Conny blickte sich um: »Wer steigt freiwillig ein?«

Eine der Polizistinnen hob die Hand.

Conny: »Danke, Kollegin. Aber das ist erst mal Männersache, denke ich.«

Einer trat vor: »KOM Schüttler meldet sich freiwillig.«

Conny nickte. »Danke. Bitte mit Gasmaske und Sicherheitsleine einsteigen.«

Nachdem der Kollege gesichert war, tauchte er in den Schacht ab. Mit Gasmaske und Stirnlampe sah er aus wie von einem anderen Stern. Zwei Männer ließen oben das Seil durch ihre Hände gleiten.

Inzwischen nahm Conny Kontakt mit Udo auf, schilderte die Lage und sagte dann: »Wir brauchen mindestens drei Tragen zum Abtransport von Schwerverwundeten oder auch Leichen. Sie sollen bis zum Wendepunkt fahren. Ich schicke jemand entgegen. Spusi, Tatortsicherung - alles erst, wenn ich mehr weiß. Wir haben gerade jemand nach unten geschickt.«

Jetzt tauchte KOM Schüttler wieder auf.

Er zog Lampe und Maske ab und schüttelte den Kopf.

»Keine Überlebenden. Zwei Leichen, männlich, halb verschüttet. Die Decke hat gehalten, aber von der Seite sind die Wände eingebrochen. Vermutlich ist die Gasflasche explodiert. Zahlreiche Splitter haben die Männer ziemlich zerfetzt. Die Luft scheint aber wieder okay zu sein.«

Ich sah Conny an: »Lass mich kurz runter. Ich will die Männer identifizieren. Wir müssen schnellstens wissen, wer sie waren.«

»Ich komme mit«, erklärte Bernhard.

Conny nickte. Und während sie ihre Befehle zum Abbruch der Aktion, zur Sicherung des Tatorts und zum Abtransport der Toten gab, stiegen wir noch einmal hinab.

Jemand riet uns, die Gasmaske anzulegen.

Im Lichtkegel der Stirnlampe

schwirrten Millionen Staubpartikel. Ich war froh, gefilterte Luft atmen zu können. Im Verbindungsgang die Betonwand links stand noch, während die Holzbohlen und eiserne Stützen rechts nachgegeben haben. Das Erdreich war schräg in den Gang gerutscht. Links an der Wand konnte man sich aber mühsam vorwärts tasten.

Hinter den Scheiben der Gasmaske konnte ich Bernhards Augen schwach erkennen. Wie Taucher konnten wir beide uns nur mit Zeichen verständigen. Er hob den Daumen. Alles Okay.

Im Kuppelsaal war die eine Seite weggesackt. Die Wand zum Eiskeller und die Pinnwand waren unversehrt. Nur lockere Seiten waren abgerissen und hatten sich mit dem Schmutz vermengt. Die Stahltür war etwas aus den Fugen und kalte Luft strömte in den Raum.

Die beiden Leichen waren fast bis zur Hüfte vom Schutt bedeckt. Mir fiel das umgekehrte Bild ein. Wie die Beine von Kornmann aus dem Erdreich geragt hatten. Auge um Auge …

Der Superior lag auf dem Rücken. An seiner Fliege sofort zu erkennen. Sie war zwar derangiert, aber sehr auffällig schwarz-weiß-rot gemustert. Sein Gesicht und der Brustbereich waren weniger gut erhalten. Metallsplitter hatten ganze Arbeit geleistet.

Die Gaslampe lag neben ihm. Der Fuß und der Glaszylinder waren offensichtlich abgebrochen. Wahrscheinlich hatte er sie gerade in der Hand, als der Alarmruf kam. Vor Schreck hat er sie fallen gelassen und damit die Katastrophe ausgelöst. Vielleicht wollte er aber auch absichtlich hier unten alles vernichten. Sich selbst inklusive.

Mit einem Finger tastete ich ihn ab, ob ich eine Brieftasche erspüre. Sie war in seiner rechten Brusttasche. Vorsichtig zog ich sie hervor, um sie mit nach oben zu nehmen. Auch den Autoschlüssel konnte ich aus der Hosentasche fingern.

Der andere Tote lag auf dem Bauch. Einer der Eisenträger hatte ihn am Kopf getroffen. Ein silberner Haarkranz, den sein Haupt einst geziert hat, war blutverschmiert. Auch sein Rücken war von Splittern zerfetzt. Die Pathologen werden sich entscheiden müssen, was letztlich seinen Tod herbeigeführt hat. Günstig für uns war, dass sein Portemonnaie in der Gesäßtasche steckte. Ich klappte es auf und zog eine Bankkarte hervor: Stepan Košljun war der Inhaber. Ich reichte sie Bernhard. Der nickte.

Am Hals schimmerte eine Goldkette. Vorsichtig zog ich sie heraus. Am Ende kam ein Kruzifix aus Gold zum Vorschein. Das reichte zur Identifizierung. Mehr hatten wir hier unten nicht zu suchen.

Berthold Bruene-Hubbach, Stepan Košljun und Paolo Brandner waren also die Drahtzieher bei den Braunschweiger Morden.

Der Tag war da.

Als wir wieder nach oben kamen, rissen wir uns fast synchron Lampe und Maske ab und ließen die frische Luft in die Lunge strömen. Die Sonne ging auf. Die Vögel hatten hörbar neue Nachrichten zu vermelden.

Ich sah Conny an. »SBH und dieser Kroate, Košljun.«

»*Et in terra pax*«, sagte Bernhard. »Und Friede auf Erden. Wäre das nicht schön.«

»Is aber nicht«, sagte Conny. «Wir machen hier zunächst dicht. Der Chef will, dass wir möglichst unentdeckt bleiben. Zwei Mann bleiben hier. Als Wache. Sie werden schnellstens abgelöst. Keiner darf in den nächsten Tagen vom Hauptweg in diese Richtung abzweigen. Ein Spezialkommando soll den Bodyguard mit Rettungsschlitten nach unten und dann nach Hannover bringen. Sie sind schon unterwegs.

Morgen soll die Spusi noch einmal alles unter die Lupe nehmen. Und anschließend werden die Leichen geborgen. Auch vom LKA.«

»Für Kühlung ist übrigens gesorgt«, warf ich ein. »Da unten gibt es einen Eiskeller, dessen Tür jetzt zerstört ist.«

»Umso besser«, sagte Conny. »Die Mannschaften von heute werden mit dem Bus nach Hause gebracht. Morgen am späten Nachmittag müssen sie noch einmal herkommen und ihre Fahrzeuge abholen.

Wir vier sollen noch einmal in die Einsatzzentrale kommen.«

»Aye, aye, Sir«, sagte ich.

In der Einsatz-Zentrale

war das technische Gerät bereits transportfähig zusammenge-
packt. Die Vorhänge waren aufgezogen und die Fenster weit
geöffnet.

Nur Udo saß noch vor seinem Schreibblock und einem
Telefonapparat.

Der Kriminaldirektor saß an einem der Schultische und
machte Notizen in ein lindgrünes Tagebuch von *Semikolon*.
So eines mit Gummizug zum überstreifen. Ich hatte auch mal
so etwas. Er nickte uns zu, Platz zu nehmen. Schließlich
klappte er das Buch zu, steckte den Stift in die Seitenlasche
und zog das Gummiband über alles.

Ich fühlte mich plötzlich sehr müde.

»Guten Morgen«, begann er. »Wenn ich es richtig verstanden habe, gab es einen Unfall mit drei Toten?«

Wir nickten.

»Ich danke ihnen dennoch für ihren Einsatz. Es war insgesamt vortrefflich geplant und ausgeführt.« Er drehte sich zu
Udo um: »Das gilt auch für Sie!»

»Danke!«

»Jetzt ist mein Problem, wie halte ich den Deckel drauf?
Wie vermeiden wir, dass hier doch noch eine Kultstätte ent-
steht, dass sich hier alljährlich unsere Ewiggestrigen versam-
meln und dumpfe Gedanken ausbrüten? Das fehlte noch: Fa-
ckelzüge über die Jasperallee zum Nussberg.«

Pause. Keiner sagte etwas.

»Mein Vorschlag bleibt also, die Sache weiterhin von Hannover aus zu betreiben. Kommissar Wallenberg, Sie und Frau
Bertram, so hieß sie, glaube ich, werden zum absoluten Stillschweigen verdonnert. Sollte das gelingen, bekommt Ihre

Personalakte einen dicken Schub nach vorne. Von mir persönlich. Können Sie auch Frau Bertram sagen.«

Udo machte im Sitzen eine Art Verbeugung.

»Bei Herrn Pruetzmann kann ich mir wohl sicher sein.«

Es war mehr eine Feststellung als eine Frage. Bernhard nickte.

»Wie ist es mit Ihnen, Herr Urbach? Haben Sie schon anderweitig über den Fall gesprochen?«

»Ausführlich sogar, mit einem Redakteur der *Süddeutschen Zeitung*. Die erwarten meinen Abschlussbericht und wollen die Sache groß und sauber recherchiert rausbringen.«

Der Kriminaldirektor runzelte die Stirn, wagte aber nicht, mich zu tadeln. In meine Personalakte konnte er auch nicht mehr eingreifen.

Er lenkte ein: »Ich werde persönlich mit der Chefredaktion Kontakt aufnehmen. Vielleicht kann ich es verhindern. Jedenfalls diese Bunker-Geschichte. Jetzt zu einem anderen Problem: Bisher haben wir die Fäden noch nicht verknüpft. Wir könnten die Akten schließen. *Mors ultima linea rerum est,* wie die Lateiner unter uns sagen würden.« Er grinste.

»Der Tod ist die letzte Linie, verstehe ich sogar«, kam von Udo.

»Ist aber unbefriedigend«, fuhr der Kriminaldirektor fort. »Zudem konnten unsere Leute bei diesem Baggermann, dem Dobrinjski, bisher nichts erreichen. Schlichtweg, weil sie gar nicht wussten, was es zu fragen gibt. Conny, Sie sollten ihn noch einmal vorknöpfen, am besten mit Herrn Urbach zusammen. Sie haben doch mehr Durchblick. Der Mann steht uns noch zwei Tage zur Verfügung. Wenn wir bis dahin nichts haben, darf er sich wieder frei bewegen.«

Conny machte sich Notizen.

»Dann wäre das auch geklärt. Ich fahre jetzt zurück. Kommissar Wallenberg muss hier leider noch die Stellung halten.

Conny, sehen wir uns Dienstag früh in meinem Büro für alles Weitere?«

»Ich ruhe mich noch ein paar Stunden bei Freunden hier aus. Dann bin ich auch wieder im Amt.«

Wir verabschiedeten uns alle mit Handschlag.

Der Abschied von Bernhard ging mir nahe. Ich umarmte ihn und lud in nach München ein.

»Kann ruhig schon vor dem Oktoberfest sein. Aber wenn du das erlebt hast, kannst du zu Hause wirklich was erzählen.«

»Du, ich komme ganz sicher mal. Soll nämlich zunächst in Braunschweig bleiben und die Stiftung hier abwickeln. Also nach Argentinien zurückführen.«

»Hört sich gut an. Ich erwarte dich. Und wenn du nach Hildesheim fährst, grüße Melanie von mir. Der Salzgittersee ist ein schönes Ausflugsziel.«

Er nickte erfreut. Vielleicht in Vorfreude auf das Wiedersehen.

Nach einem Schlag auf die Schulter umarmte auch Conny ihn herzlich.

»Hier ist meine Karte. Dein Besuch in Hannover ist immer willkommen!«

»Aber jetzt gehen wir noch zusammen frühstücken zur Bäckerei Sander am Steinweg. Die machen um 6 Uhr auf.«

Wir waren einverstanden.

Im Rausgehen schaute ich auf die Uhr: 5 Uhr 20 am Montagmorgen. Zwei Jogger waren schon auf dem Weg zum Nussberg.

Conny ging an meiner Seite: »Schön, dass du noch einmal mitkommst nach Hannover.«

»Ehrensache. Zu welchen Freunden soll ich dich denn jetzt fahren?«

»Ich dachte, da Hedi nicht da ist, könnte ich dort ein kurzes Nachtlager aufschlagen?«

»Könnte es auch ein Liebeslager werden?«

»Nur, wenn du mitmachst.«

»Keine Einwände.«

Am nächsten Morgen machten wir Hedis Wohnung tipptopp. Ich schrieb ihr einen langen Dankesbrief mit den letzten Ergebnissen. Und dem Versprechen, bald wieder einmal nach Braunschweig zu kommen.

Den Redakteur der Braunschweiger Zeitung, der das Buch über Heilig geschrieben hatte, rief ich an und erklärte ihm den Sachverhalt:

»Ein Sumpf wurde rechtzeitig trocken gelegt. Die Morde wurden aufgedeckt. Das LKA möchte aber nicht, dass die Idee einer ›Via Sacra‹ neu belebt oder der Nussberg zu einer Pilgerstätte wird. Das Amt bittet um Stillschweigen der Mitwisser.«

Er hatte Verständnis.

Beim LKA in Hannover

erklärte uns ein Beamter vom KTI, was die verschiedenen Spezialisten auf dem Laptop von Dobrinjski gefunden haben: »War ganz schön verschlüsselt, das Teil. *Topsecret* wäre ein offenes Scheunentor dagegen. Wirklich erstaunlich für einen Privatmenschen.«

»Wir glauben längst, dass eine internationale Organisation dahinter steckt«, erläuterte Conny.

»Das hat schon NSA-Qualität. Aber wir sind ja auch nicht schlecht«, sagte er stolz.

»Was haben Sie nun entdeckt?«

»Also: Ganz sicher gehört das Gerät diesem Dobrinjski. Seine Fingerabdrücke sind auf praktisch allen Tasten. Dem Besitzer des Geräts ist auch der Account zuzuordnen, den Sie uns genannt haben: den mit *excitate.com*. Mehrere Mails konnten wir entschlüsseln. Es ging meistens um Daten und Uhrzeiten. Ohne Anrede und ohne Absender. Also etwas so: Jasperallee. 4. Juli. 21:00. Mehr nicht. Eine Liste aller Nachrichten bekommen Sie.«

Ich war elektrisiert: »Genau diese Zahlen haben Sie gefunden?«

»Exakt. Weiß ich, weil meine Tochter an dem Tag Geburtstag hat. Sie wurde zehn. Wir haben Deutschland-Frankreich gesehen und hinterher durfte sie noch aufbleiben für Brasilien-Kolumbien. Sie ist aber eingeschlafen und in der Halbzeit hat meine Frau sie ins Bett gebracht.«

»Das ist der Zeitpunkt, an dem die zweite Leiche verbuddelt wurde.«

Conny schaute mich an: »Das dürfte reichen. Ich glaube, auch ohne die Aussage von Lewandowski haben wir ihn im Sack.«

Sie schaute auf die Uhr. »Wir haben ihn auf 15 Uhr vorgeladen. Mit Anwalt. Gerade noch Zeit, einen Happen zu essen.«

Voller Wehmut dachte ich an die Mittagspausen auf dem Braunschweiger Messegelände.

Im Vernehmungsraum

saßen bereits Dobrinjski und sein Anwalt, als wir hereinkamen. Conny, der Kriminaldirektor, eine Protokollführerin und ich.

Nach der Begrüßung eröffnete Conny sofort: »Herr Dobrinjski, es sieht schlecht aus. Berthold Bruene-Hubbach, Stepan Košljun und Paolo Brandner sind tot. Die können Ihnen nichts mehr antun. Antek Lewandowski hat ausgesagt und ihren Laptop konnten wir auch entschlüsseln. War gar nicht so einfach, sagen unsere Techniker. Einer Strafe wegen Beihilfe zum Mord können Sie kaum entgehen, aber das Maß deutlich mildern, wenn Sie einfach auspacken und mit uns zusammenarbeiten.«

Dobrinjski blickte auf seinen Anwalt. Der nickte.

»Gut ich sage. War alles dieser Spinner, dieser Košljun. Wollte großes Kroatien, großes Deutschland, großes Polen.«

»Hirnrissig!« Das kam von mir. »Da hättet ihr Kroaten ganz schnell einen Krieg mit Ungarn gehabt. Da gibt es ja auch nicht wenige, die immer noch von damals träumen.«

»Nein, alles groß und wir alle Brüder«, kam die Antwort. »Košljun wollte unsere Generäle in Niederlande befreien. Bruene-Hubbach wollte Rache für Nazis. Auch verrückt. Immer mit *via sacra* und große Ehre. So beide zusammen. Ich auch Kroate. Ich singe auch unsere Hymne: *Mi reći svijetu: Da svoj narod Hrvat ljubi! Wir sagen der Welt: Dass der Kroate liebt sein Volk''*, brach es aus ihm heraus. »Aber nicht verrückt.«

Conny fragte weiter: »Wie kamen Sie zu der Gruppe?«

»War Freund von Ante Šapina. Fußballwetten. Dann kam Ante in Gefängnis. Und Košljun hatte Adressen von Freunde. Košljun sagt, ich muss mitmachen, sonst ich fliege raus aus Deutschland.«

227

»Wie das?«

»Wegen Wetten. Illegal.«

»Mein Mandant muss sich nicht selbst beschuldigen«, kam der Einwand des Anwalts.

»Alles klar. Die kleinen Gaunereien interessieren uns nicht.«

»War die Jasperallee ihr erster Job für Košljun?«

»Ja. Erster Job in Deutschland.«

»Und vorher?«

»War Zuhause. In Krajina, in Karlovac und Racovica. Viele Menschen tot aus Krieg. Wir haben nachts weggemacht.«

»Wie weggemacht?«

»Andere Stadt gefahren. Weit weg. General hatte Angst, dass Kriegsverbrechen.«

»Hatte er ja nicht ganz Unrecht.«

»Ist freigesprochen von Gericht in DenHaag. Bald ist Nationalfeiertag. 5. August. Siegestag.«

»Weniger Siegestage und mehr Reuetage täten vielen Kroaten auch ganz gut«, sagte der Direktor.

»Und dann kamen Sie nach Braunschweig?«, fragte Conny weiter.

»Nach Hildesheim. Schwager war hier und sagte komm her, gute Arbeit. Kaufte Bagger von Geld aus Krajina, Und dann kommt Košljun und sagt, muss Braunschweig machen.«

»Und dann musst du Holland machen?«

»Ja, großer Graben mit Rohren zum Gefängnis.«

Wir schauten auf den Kriminaldirektor.

Der nickte: »Die Kollegen sind verständigt.«

Dobrinjski: »Wenn alle tot, ist sowieso vorbei. Za dom spremni!«

»Für die Heimat bereit!«, sagte ich. »Der Gruß der Ustascha hilft jetzt auch nicht mehr.«

»Noch eine traurige Nachricht für Sie: Antek Lewandowski ist auch tot. Man hat ihn wohl umgebracht, nachdem er seine Aussage gemacht hat.«

Dobrinjski sackte zusammen.

Sein Anwalt sprang auf. »Da sehen Sie, in welcher Gefahr mein Mandant schwebt. Ich beantrage ein Zeugenschutzprogramm.«

»Bleiben Sie ruhig«, sagte der Kriminaldirektor. »Zunächst bleibt ihr Mandant hier bei uns. Da ist er sicher. Da Kroatien jetzt in der EU ist, können wir ihn nach einem Urteilsspruch auch überstellen.«

»Keine gute Idee«, wehrte Dobrinjski ab. »In deutsche Gefängnis mehr Sicherheit.«

So ging es noch eine Weile hin und her. Wir waren aber sicher, dass der Fall gelöst ist.

Der Kriminaldirektor bat noch einmal um regionales Stillschweigen.

»Das Globale kann freigegeben werden. Zum Bunker kein Sterbenswort sagen. Das fehlte uns noch. In Bad Nenndorf trocknen wir die Szene aus und in Braunschweig ziehen sie mit Fackeln auf den Nussberg.«

Conny fixierte mich. Ich sagte nichts.

Nachdem ich allen die Hand gegeben hatte, brachte sie mich zu meinem Auto.

»Ein kleiner Abschiedsabend muss drin sein. Wie wär´s mit der Heide-Hexe?«

»Ich bin mehr für eine Abschiedsnacht. Ich fahr jetzt zum Maschsee und warte auf deinen Anruf, wenn du hier fertig bist.«

»Aye, aye, Sir!«

Als sie gegangen war, rief ich Felix an und verabredete mich für Donnerstag um elf in seinem Büro.

Nachspiel

Im Verlagshaus der ›Süddeutschen‹

holte Felix mich beim Pförtner ab und führte mich direkt in einen Konferenzraum der Chefredaktion. Kister saß da, Prantl, Christiane Schlötzer, Leyendecker und noch ein paar Damen und Herren, die ich nicht kannte.

Wir gehörten beide nicht dazu, wurden aber sehr freundlich begrüßt.

»Sie haben also den Nazibunker dort oben enttarnt«, wurde ich angesprochen. »Ein Münchner in der Löwenstadt. - Bavaria versus Brunsviga. - Mit dem bayrischen Abitur kommt man eben überall durch«, so und ähnlich ging es hin und her. Bis Herr Kister auf den Tisch klopfte.

»Kolleginnen und Kollegen, ich bitte um Ruhe. Der Fall ist ernster als sie denken. Bitte, Heribert.«

Prantl lächelte und sagte: »Um in der Sprache Ihres Falls zu reden, denn auch wir bayrischen Juristen haben das große Latinum: *Et adhuc illo loquente eis apparuit nuntius qui veniebat ad eum et ait ecce tantum malum a Domino.* Steht irgendwo bei den Königen. Wen´s interessiert, mein Büro gibt Auskunft.«

Er schaute strahlend in die Runde.

Nur Leyendecker sagte: »Als er noch mit ihnen redete, kam der Bote zu ihm und sprach: Siehe, solches Übel kommt vom Herrn!«

Einige klopften beifällig auf die Tischplatte.

»Sehr gut«, lobte auch Prantl, »und dieser Bote, der Postbote nämlich, hat uns einen Brief gebracht. Das Übel kommt nicht vom Herrn, sondern vom LKA Hannover.«

Alle starrten mich an.

Ich konnte nur die Arme heben: »Nicht schuldig!«

»Nein«, sagte auch Prantl, »Herr Urbach kann wirklich nichts dafür. Ich les´ mal vor: Süddeutsche Zeitung, Chefredaktion pipapo ...

Sehr geehrte Damen und Herren, Sie sind auf völlig legalem Wege in den Besitz von Informationen gekommen, die die Öffentlichkeit interessieren könnten. Unbestritten. Wir haben sogar Ihrem Informanten erlaubt, Ihnen alle Details und Ergebnisse offenzulegen.

Als unabhängiges und weltweit geschätztes Presseorgan sind Sie beinahe verpflichtet, ihrem Informationsauftrag nachzukommen. Auch unbestritten.

Dennoch bitten wir Sie, Ihr Wissen diesmal zurückzuhalten. Es gibt nämlich gewichtige Gründe, *zur Zeit*«, Prantl blickte auf: »ist unterstrichen - weiter im Text: die Braunschweiger Vorfälle nicht an die Öffentlichkeit zu bringen:

1. Neonazigruppen könnten bestärkt werden, den Nussberg zu einem neuen Weiheort zu erklären. Wir in Niedersachsen sind gerade bemüht, diese Aufmärsche in Bad-Nenndorf auszutrocknen. Da besteht höchste Gefahr, dass die nach Braunschweig abwandern.

2. Die aberwitzige Idee, eine Via Sacra zu kreieren, könnte Nachfolger finden.

3. Die Braunschweiger Bevölkerung könnte durch diese absurde Handlung, die gar nicht von ihnen und ihrer Stadt ausging, völlig unnötig beunruhigt werden.

Wir anerkennen Ihre tiefe Sorge, hier könnte die Pressefreiheit eingeschränkt werden. Das ist mit Sicherheit nicht unsere Intention. Wir gestehen auch zu, dass Sie, wenn hier in unserem Umfeld ein Presseorgan Wind bekommt, natürlich von allen Auflagen befreit sind.«

»Brav!«, rief jemand dazwischen.

»Dennoch:«, Prantl hob die Stimme: »Unter dem Motto ›Nicht jede Sensation ist auch eine Nachricht‹ hoffen wir auf

Ihr Verständnis. Und wir versprechen, Ihnen in anderen Fällen auf Nachfrage weitestgehend entgegen zu kommen.

Sollten Sie anders entscheiden, bitten wir dennoch um Rücksprache.

Mit freundlichen Grüßen

Pipapo.«

Prantl ließ das Schreiben sinken.

»Auf alle Fälle schreibe ich für morgen einen Kommentar zum Thema ›Nicht jede Sensation ist auch eine Nachricht‹ - oder will jemand von euch?«

Lachen.

»Jetzt zum Ernst der Lage. Die Diskussion ist eröffnet. Ich schicke voraus: Die Pressefreiheit ist ein Verfassungsgut. Es muss von uns stets verteidigt werden. Wir müssen uns aber auch der Verantwortung bewusst sein, die uns übertragen wurde.«

Leyendecker sprach als erster: »Es fokussiert sich doch alles auf die Frage, ist hier Publizität richtig oder falsch? Erheben wir warnend unsere Stimme und zeigen auf das Pestgeschwür oder schnüren wir den Sack zu und stellen ihn in die Ecke? Irgendwo steht geschrieben: ›Vor ihm her ging Pestilenz, und Plage ging aus, wo er hintrat.‹«

Jemand rief dazwischen: »Unterstöger wüsste, wo das steht.«

Doch Leyendecker ließ sich nicht irritieren: »Da sehe ich die Gefahr: So eine Pestilenz ist hochansteckend. Deshalb: Solange die Geschichte im Sack bleibt - Sack zuhalten!«

»Aber die Pressefreiheit? Wehret den Anfängen!«, rief jemand.

Leyendecker: »Was wollen denn diese Rechtsextremisten? Doch letztlich nur Angst und Schrecken verbreiten. Mit jeder negativen Nachricht gelingt ihnen, ein Stück weit Boden zu gewinnen. Hier haben die Hannoveraner recht: Nicht jede

Sensation ist eine Nachricht. Wir tun den Falschen einen Gefallen, wenn wir es bringen.«

»Trotzdem sollten wir, müssen wir wachsam sein. Und nichts unter den Tisch kehren, weil es bequemer ist.«

Jetzt griff Prantl ein: »Bequem ist das ganz und gar nicht, einen Vorfall, von dem man Kenntnis hat und der absolut gravierend ist, zu unterdrücken. Es geht hier nur um *falsch* oder *richtig.*«

Frau Schlötzer fragte: »Was glaubt denn Herr Urbach? Können die vom LKA in Hannover die Sache unter Verschluss halten?«

»BILD fing mal an. Wurde dann aber vom Fußball abgelenkt Und die ›Braunschweiger Zeitung‹ hat bis heute alle Beruhigungspillen geschluckt. Zwar grummelnd, aber erfolgreich.«

Frau Schlötzer: »Dann sollten wir ihnen auch die Chance lassen. Die Story ist zwar abstrus und sicher für die ›Seite Drei‹ attraktiv, aber *so what?* Wahrscheinlich reiben sich mehr zufrieden die Hände, als erstaunt die Augen.«

»Redest du so von *unseren* Lesern?«

»Nein, aber wenn wir rauskommen, geht es doch um die Welt.«

»Jedenfalls, um die zivilisierte.«

Leyendecker fragte, was Peter Burghardt aus Argentinien gebracht habe, »oder ist er dort nach der WM *persona non grata?*« Er erhielt die Auskunft, »´ne halbe ›Seite Drei‹ liegt vor!«

»Dann werde ich mich mal mit Herrn Urbach und dem LKA Hannover zusammentun und um die andere Hälfte bemühen. Auch die Freunde beim NDR können mitmachen. Wir decken die internationalen Vernetzungen der ultrarechten Szene auf. Von Südamerika bis Kroatien oder Griechenland. Braunschweig mit seinem Nussberglein lassen wir außen vor.«

Stefan Kornelius meldete sich: »Ungarn sollte dabei nicht vergessen werden. Ihr solltet unbedingt die Cathrin ins Boot holen.«

»Ist doch ein prima Vorschlag«, kam es aus dem Gremium.

Cathrin war Frau Kahlweit, Korrespondentin in Wien.

»Ich habe Bauchschmerzen. Was ist, wenn der SPIEGEL uns nachweist, dass wir etwas unterschlagen haben?«

Wieder Leyendecker: »Da kann ich euch beruhigen. Ich erinnere mich, dass sich Merseburger einmal im SPIEGEL entschuldigt hat, weil er eine Geschichte über Fluchthilfe nicht bringen könne. Um Menschen nicht zu gefährden. Wir wollen den Seelenfrieden der Braunschweiger nicht gefährden.«

Jetzt schaltete sich der Chef ein: »Ich frage noch einmal: Wollen wir unser journalistisches Credo, die Leute umfassend zu informieren, ihnen alle Seiten aufzuzeigen, um ihnen eigene Entscheidungen zu ermöglichen, aufgeben? Aufgeben wegen einer virtuellen Gefährdung? Gegenfrage: Was können die Braunschweiger eventuell *nicht* entscheiden, wenn sie die Nussberg-Story nicht wissen?«

»Eben!«, rief jemand. »*Nicht* veröffentlichen heißt ja noch lange nicht *vertuschen*!«

»Anders gefragt: Wollen wir dazu beitragen, einen neuen Wallfahrtsort für Neonazis in die Welt zu setzen?«

»Zu aller Beruhigung: der hochgeschätzte und integre Egon Bahr hat mal gesagt: Man muss nicht alles sagen, aber was man sag, muss wahr sein!«

So ging es noch länger hin und her.

Felix meldete sich auch einmal: »Selbst Snowden hat an unsere Verantwortung appelliert, als er die NSA-Dokumente übergab: ›Ich verlasse mich auf euer journalistisches Urteil, nur solche Dokumente zu publizieren, die die Öffentlichkeit sehen sollte und deren Veröffentlichung Unschuldigen keinen Schaden zufügt.«

Schließlich kam es zur Abstimmung: Die Mehrheit war gegen die Veröffentlichung der Braunschweiger Geschichte, aber für eine große Reportage von Burghardt und Leyendecker.

Prantl sprach ein versöhnliches Schlusswort: »Ich glaube, es war ein guter Tag für unsere Redaktion. Schließlich ist es auch unsere Aufgabe, jeden Bericht auf seine Tiefenwirkung zu überprüfen. Und ihn notfalls zu stoppen, wenn durch die Berichterstattung unkontrollierbare Reaktionen ausgelöst werden.«

Leyendecker hatte das letzte Wort: »*Oculis isdem videmus!*«

Niemand übersetzte.

Und so kam es, dass die Geschichte hier zum ersten Mal erzählt wurde.

Nachdem alles geschrieben war, gab ich eine Anzeige in der »Hannoverschen Allgemeinen« auf:

Münchner Privatdetektiv, Expolizist, mit viel Erfahrung im nordd. Raum, übernimmt Aufträge. Tel.: …

ENDE

Nachwort

Das ist ein Roman und die Geschichte ist frei erfunden.
Lars Urbach hat niemals an einer Redaktionssitzung
der Süddeutschen Zeitung teilgenommen.
Die Darstellung historischer Personen und Abläufe
entspricht dennoch der Wahrheit.
Der Autor dankt allen, die ihn durch ihre Recherche und
Hinweise im Internet und in Printmedien
zu dieser Wahrheit gebracht haben.
Die erwähnten Bücher sind alle lesenswert.
Besonders das Buch über Berthold Heilig
von Eckhard Schimpf hat wesentlich zur Lösung
der Geschichte beigetragen.
Auch die Zeichnung von Herrn Ruhs
gab wichtige Hinweise.
Den Eingang zum Schacht werden auch erfahrene
Braunschweiger nicht finden.
Ein Besuch auf dem Nussberg ist aber immer lohnend.

Lifka Werner, im Sommer 2015

Lars Urbachs erster Fall:
Ein Expolizist zwischen München, Mossad und Liebe ...

Lifka Werner

So tot jetzt

Kriminalroman

Oren Wallach, israelischer Staatsbürger und bedeutender Software-Entwickler wird unter ominösen Umständen tot in seiner Sauna in München aufgefunden.

Sein Geschäftsführer gerät schnell in Verdacht, den Tod herbeigeführt zu haben.

Als Privatdetektiv Lars Urbach den Fall übernimmt, ahnt er noch nicht, dass er sich sehr bald in seine Auftraggeberin verlieben wird, dass er es noch schneller mit Neonazis und dem israelischen Mossad zu tun bekommt - und dass er am Ende verloren hat, obwohl er den Fall lösen konnte.

Lifka Werner, So tot jetzt
Softcover / 208 Seiten
BoD – Books on Demand, Norderstedt
ISBN: 978-3-7386-5502-5

„Beste Unterhaltung und Zeitgeschichte zugleich."

Gießener Anzeiger

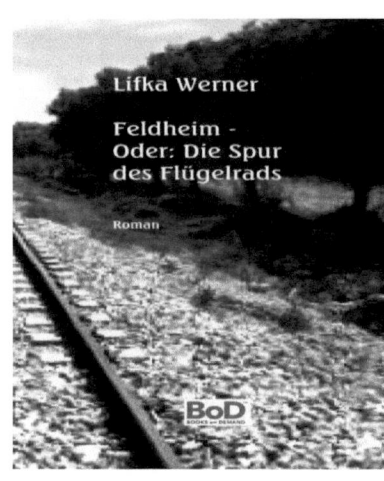

Ein Mann kehrt zurück zu den Stätten seiner Kindheit. Er sucht den Bach, die Brücke, das Gleis an denen und mit denen er aufgewachsen ist. Und er findet ein totes Gleis, einen trockenen Bach, eine Brücke ohne Funktion.

Der Mann erinnert sich an Szenen und Ereignisse, die sich an diesem Gleis abspielten. Gleichzeitig läuft in einer erzählerischen Gegenbewegung die Geschichte dieser Eisenbahnlinie, mit ihren Menschen und Schicksalen: Über mehrere Generationen personifiziert, verfolgen wir die Entwicklung im kleinen und zugleich die Einwirkungen durch die "große" deutsche Geschichte..

Lifka Werner
Feldheim. Oder: Die Spur des Flügelrads
BoD – Books on Demand, Norderstedt
588 Seiten / Auch als eBook oder Kindl lieferbar
ISBN 978-3-7392-1025-4